W0351589

Sauschlägers Paradies

Über dieses Buch

Menschen verschwinden spurlos auf einem geheimen Friedhof. Das Ehepaar Sauschläger, zwei Oberharzer Originale, lässt sich in seiner Naivität mit der Russenmafia ein. Lilly Höschen, die schrullige Oberstudienrätin, und ihr Neffe Amadeus werden in diese Vorgänge verstrickt, die Kommissar Schneider und seine Mitarbeiterin Gisela Berger zu lösen versuchen.

Nach »*Walpurgismord*« folgt nun der zweite Fall für diese außergewöhnliche Ermittlertruppe.

Die Orte in diesem Roman sind real. Die Handlung und die Personen sind frei erfunden. Etwaige Ähnlichkeiten mit lebenden oder toten Peronen wären rein zufällig.

Helmut Exner

Sauschlägers Paradies

Ein ziemlich *schräger* Kriminalfall
aus dem romantischen Harz

Bibliografische Information der Deutschen Nationalbibliothek
Die Deutsche Nationalbibliothek verzeichnet diese Publikation in der Deutschen Nationalbibliografie; detaillierte bibliografische Daten sind im Internet über **http://dnb.d-nb.de** abrufbar.

Sauschlägers Paradies

ISBN 978-3-936318-92-0

3. Auflage 2014

© 2014 by Helmut Exner

Covermotiv: © Wolterk - Dilapidated Outhouse
bigstockphoto.com / stock photo ID: # 52590853
http://www.bigstockphoto.com/de/image-52590853/

Lektorat: Sascha Exner

Verlag, Druck und Verarbeitung:
EPV Elektronik-Praktiker-Verlagsgesellschaft mbH
Postfach 1163, D-37104 Duderstadt

Email: info@epv-verlag.de
Web: www.helmutexner.de

- 1 -

Es gibt alberne Menschen. Es gibt Tollpatsche, Unglücksraben, trübe Tassen, Sauertöpfe, Glückskinder, Pessimisten, Optimisten, Zweifler, Sorglose, Schwarzseher, Frohnaturen, Turnbeutelvergesser, Eierlikörtrinker, Sitzpinkler, Dünnbrettbohrer, Warmduscher, Propheten, Philosophen und sonstige Klugscheißer, Korinthenkacker, Jammerlappen, Schönfärber, Großkotze, Armleuchter und andere mehr. Viele Menschen lassen sich vom Typ her in irgend einer Weise klassifizieren. Das hat etwas zu tun mit Charaktereigenschaften. Aber auch mit Schicksal. Die meisten Charakterzüge erwerben wir sicherlich im Laufe unseres Lebens, vor allem in der Kindheit, durch die vielfältigen Einflüsse, denen wir ausgesetzt sind. In der Kynologie nennt man das Prägung. Aber manches scheint auch angeboren zu sein. Wahrscheinlich hat tatsächlich die Vorsehung ihre Finger im Spiel, wenn uns gehäuft Dinge widerfahren, die zwar typisch für uns sind, jedoch mit dem Charakter im Grunde nichts zu tun haben. Wie will man es sich sonst erklären, dass ein Mann in seinem Leben sechs Mal vom Blitz getroffen wird und ein anderer am selben Tag den Jackpot im Lotto gewinnt und eine große Erbschaft macht? Noch dazu, wo er den Erbonkel dritten Grades gar nicht kannte. Bei Amadeus Besserdich muss wohl eine leicht angeheiterte Fee zugegen gewesen sein, als er vor dreiunddreißig Jahren das Licht der Welt erblickte. Denn eine solche Häufung von Missgeschicken, Tollpatschigkeiten und kleineren bis mittleren Katastrophen kann weder Zufall sein noch durch anerzogene Charakterzüge herbeigeführt werden. Welchem anderen Jungen gleitet schon bei einem Grillfest in der Schule aus Versehen eine Bratwurst mit Senf aus der Hand, die dann im Ausschnitt seiner Lehrerin landet? Gut, das kann mal passieren. Aber wenn derselbe Knabe dann nach Dutzenden solcher Begebenheiten, mittlerweile zum Mann herangereift, innerhalb einer Viertelstunde zwei Mal nackt vom Dach fällt, wenn er dem wichtigsten Mandanten seines Lebens ein Tablett in rasantem Höhenflug auf den Kopf lanciert, dass dieser ein dickes Horn davonträgt, wenn er vor einem Bewerbungsgespräch einen Lachkrampf bekommt und die Stelle sausen lässt, wenn er den Rock einer wildfremden Dame in seinem Hosenschlitz festklemmt und nur mit Hilfe einer Schere wieder loskommt, so dass – mein Gott, jetzt habe ich den Anfang vergessen. Jedenfalls, wenn einem Menschen ständig solche Dinge widerfahren, dann muss die Fee, die ihm beim Eintritt in diese Welt ein Geschenk gemacht hat, wohl stockbesoffen gewesen sein.

Manch einer wäre angesichts dieser Häufung von Missgeschicken ein gebrochener Mann. Nicht so Amadeus Besserdich. Natürlich kann es ihm gewaltig auf die Nerven gehen, immer wieder unfreiwillig den Clown zu machen. Und hinzu kommen ja auch noch die wirklichen Schicksalsschläge, die echten Katastrophen. Mit zwölf Jahren verschwinden seine Eltern spurlos. Zwanzig Jahre später erfährt er, dass sein Vater seine Mutter ermordet hat und auch für weitere Verbrechen verantwortlich zeichnet. Seine Verlobte entgeht dabei nur knapp dem Tod. Wahrscheinlich muss man wirklich eine Frohnatur sein, um das alles durchzustehen, weiterzumachen und positiv in die Zukunft zu blicken.

Es sollte ein Fest der Superlative werden. Man wollte zwar nicht protzen, aber doch immerhin klotzen. Denn die Schar der sechzig illustren Gäste aus aller Welt war hochkarätig. Und da man an das Geld dieser Leute heran wollte, musste man eben auch etwas einsetzen. Nur nicht lumpen lassen. Das war die Devise des Seniorchefs, der heute aus Altersgründen seinen Hut nahm. Die kleine, aber weltweit erfolgreich agierende Firma Beermann Consult wollte ihren gleichnamigen Gründer aus dem aktiven Geschäft in allen Ehren verabschieden. Der Nachfolger stand schon lange fest: Manfred Wiebe, Gesellschafter und ab heute alleiniger Geschäftsführer. Das Unternehmen beschäftigte sich mit der Finanzierung von Diamantenminen. Eine Niederlassung in Kanada sorgte für die geografische Nähe zu den Orten des Geschehens.

Natürlich war auch Amadeus Besserdich in seiner Eigenschaft als Hausanwalt anwesend, begleitet von seiner reizenden Frau Marie. In ein paar Wochen würde er seine Kanzlei schließen und voll in das Unternehmen einsteigen. Er war es auch leid, sich mit Ehekriegern, Verkehrssündern und Kleinkriminellen herumzuschlagen. Das internationale Vertragsrecht war doch sehr viel ergiebiger. Und inzwischen verstand er davon auch eine ganze Menge. Heute sollte ausgiebig gefeiert werden. Und er würde mit vielen Geschäftspartnern seines Mandanten ins Gespräch kommen.

Im Galasaal des historisch bedeutsamen Hotels in Goslar, von dessen Balkon schon Hitler einige Reden gehalten hatte, was aber längst aus den Annalen getilgt war, hatte man acht große runde Tische platziert mit jeweils acht Stühlen. Die Damen hatten ihre Brillianten angelegt und trugen ihre neuen Diorkleider zur Schau. An Amadeus´ Tisch saßen ein russischer Neumilliardär namens Alexander Safin mit seiner jugendlichen Begleiterin, ein kanadischer Anwaltskollege mit Frau und ein gewichtiger Investor aus den USA mit seiner noch gewichtigeren, besser gesagt übergewichtigen, Gattin.

Herr Beermann, dessen Alter niemand kannte – er musste so an die hundert sein, stand am Nachbartisch und hielt seine Begrüßungsrede. Wenn er sich einmal eingeredet hatte mit seiner langsamen, altershohen Stimme, dann fand er einfach kein Ende. Hinzu kam, dass er zunächst alles auf Deutsch sagte und danach jede Passage noch einmal auf Englisch. Alle beteten freundlich lächelnd, dass er doch endlich zum Ende kommen möge. Er hatte schon vom Krieg erzählt, dann einen Ausflug in das 19. Jahrhundert gemacht, war von Südafrika über Namibia bis Südamerika nun endlich nach Kanada gekommen und weidete sich mittlerweile an den Erfolgen, die das Unternehmen seinen Partnern in der Zukunft noch bescheren würde:

»Es geht uns schon heute mehr als gut...«

Da passierte einem Kellner ein Missgeschick, wie es normalerweise nur für Amadeus vorprogrammiert war. Der arme Kerl stolperte und raste mit einem Tablett Champagnergläser Richtung Fenster durch den Raum. Er konnte sich nicht mehr halten. Schließlich, von der Wand gestoppt, segelte das Tablett mit den vollen Gläsern aus dem geöffneten Fenster. Der arme Kellner, der sich an der Wand die Knie verletzt hatte, humpelte rotköpfig zurück. Der russische Milliardär an Amadeus´ Tisch fing schallend an zu lachen und applaudierte. Herr Beermann, der kaum glaubte, was er eben gesehen hatte, flocht in seine Rede ein:

»Es geht uns sogar so gut, dass wir es uns leisten können, den Champagner tablettweise aus dem Fenster zu schmeißen. We are in such good conditon that we are able to throw trays of champagne out of the window.«

Die Leute krümmten sich vor Lachen. Dann verlor Herr Beermann den Faden und besann sich, dass er schon erheblich länger geredet hatte als beabsichtigt. So ging es ihm ja immer. Daher beendete er kurzentschlossen seine

Rede, nahm den Applaus der Gäste huldvoll entgegen und setzte sich. Das heißt, er wollte sich setzen. Aber es war kein Stuhl da. Damit er bequem stehen konnte, hatte ein Ober seinen Stuhl weit nach hinten gerückt. Also verschwand Herr Beermann hinter dem Tisch und es ging ein Raunen, untermalt von einigen Schreckensschreien, durch den Saal. Aber Herr Beermann war einfach nicht totzukriegen. Erstaunlich schnell rappelte er sich wieder auf. Als der Kopf gerade mal über den Tisch lugte, sagte er:

»Keine Angst, ich bin noch da. Wer den Krieg überlebt hat, lässt sich nicht von einer fehlenden Sitzgelegenheit umbringen.«

Und die Leute brachen in ein erleichtertes Gelächter aus. Besonders heftig lachte Amadeus, der gerade mit dem Stuhl schaukelte und nun angesichts seines Lachkrampfes die Kontrolle über seine Balance verlor. Mit letzter Kraft versuchte er, nach vorn zu kommen, um den Stuhl wieder auf seine vier Beine zu bringen. Aber es gelang ihm nicht. Instinktiv griff er nach der Tischkante, erwischte aber nur das edle Tischtuch und kippte nach hinten. Es dauerte zwei endlos lange Sekunden, bis er den Tisch mit allem, was darauf war, Tellern, Gläsern, Bestecken, Karaffen, Blumengesteck und so weiter und so fort, abgedeckt hatte. Als er mit hochrotem Kopf unter dem Tischtuch hervorgekrochen kam, nahm das Lachen und Gejohle der Gäste Formen an, die eher an die Vorführung eines Dick-und-Doof-Filmes erinnerten denn an einen Galaabend in vornehmster Gesellschaft. Die Frau des US-Investors hatte größte Schwierigkeiten, Luft zu bekommen und ließ nicht nur die Tränen laufen. Sie musste anschließend ihr Zimmer aufsuchen, um sich umzuziehen. Trotz oder gerade wegen dieser Slapstickeinlagen wurde dieser Abend zu einem für die Gäste unvergesslichen Erlebnis. Die allseits gute Laune sollte sich auf die künftigen Geschäftsbeziehungen außerordentlich positiv auswirken. Nur Marie mochte sich nicht so gern an diesen Abend erinnern, an dem sie ihren Mann einmal mehr in voller *Action* erlebt hatte.

- 2 -

Hannes Sauschläger, vierzig Jahre alt, verheiratet, sechs Kinder zwischen fünf und achtzehn Jahren, war ein glücklicher Mann. Das war nicht immer so gewesen. In relativer Armut aufgewachsen, Vater arbeitslos und dem Alkohol zugeneigt, mit Müh und Not die achte Klasse der Sonderschule absolviert und ohne Berufsausbildung, meist arbeitslos, musste er schauen, wie er über die Runden kam. Seinen ganzen Reichtum sah er in der Kinderschar. Da kein Einkommen vorhanden, hatte die Kommune ihm und seiner Familie ein Haus zur Verfügung gestellt. In den Augen anderer Leute handelte es sich dabei mehr um eine Bruchbude. Kein Badezimmer, Plumpsklo auf dem Hof. Ein altes, verrottetes Gemäuer mit Bretterbeschlag. Eines Tages kam die Kommune zu der Erkenntnis, dass es menschenunwürdig sei, so zu wohnen. Schließlich baute man für diese und andere Familien entsprechende Häuser mit Bad, WC, Balkon, Zentralheizung und anderen Annehmlichkeiten. Hannes jedoch wollte das Haus, in dem er mit seiner Familie wohnte, um nichts in der Welt verlassen. Er fühlte sich wohl, wo er war. Sein Haus befand sich, zusammen mit einigen anderen Bruchbuden dieser Art, ein Stück außerhalb von Clausthal-Zellerfeld, umgeben von herrlicher Natur, Wald und Wiesen. In den Teichen rundherum konnte man baden und angeln. Man war frei, niemand beobachtete einen. Es gab keine Nachbarn, die mit dem Finger auf einen zeigten. Erst unter erheblichem behördlichen Druck zog Hannes mit Frau und Kinderschar in das neu erbaute Mehrfamiliennhaus und war unglücklich. Allein der Zank mit den Nachbarn, die sich an der freien Lebensart der Sauschlägers störten, war nervtötend.

Aber diese Zeiten waren längst vorbei. Die Erbschaft eines entfernten Verwandten, der kinderlos war und es versäumt hatte, ein Testament zu Gunsten seiner Lebensgefährtin zu machen, veränderte das Leben des Hannes Sauschläger. Er hatte den komischen Onkel zwar im Leben nicht gesehen, weil jener mit einem bestimmten Zweig der Familie nichts zu tun haben wollte, doch im Tode war er ihm umso herzlicher verbunden, hatte er ihm doch zwei gutgehende Restaurants vermacht und darüber hinaus eine stattliche Summe Bares. Daraufhin erwarb Hannes von der Kommune das große Grundstück mit den aus Geldmangel noch nicht abgerissenen Bruchbuden. Die Kommune war glücklich, schlug sie doch gleich zwei Fliegen mit einer Klappe. Sie musste sich nicht mehr um dieses hässliche, Geld fressende Anwesen kümmern, und sie konnte die Familie Sauschläger von der Liste der Sozialhilfeempfänger streichen. Mit großem Elan renovierte die Familie nun ihr altes, neues Heim. Man ließ Badezimmer und WCs einbauen, bestellte eine Luxusküche, klebte Tapeten an die Wände, kaufte neue Möbel. Selbstverständlich durfte jedes Familienmiglied mitreden. Hannes entschied sich für ein altdeutsches Sofa, Frau Sauschläger für einen sündhaft teuren Fernsehsessel mit elektronischer Positionseinstellung aus Schweinsleder, der älteste Sohn für einen Designersessel, die jüngste Tochter für Biene-Maja-Möbel, jeder nach seinem Geschmack. Am Ende waren allein im Wohnzimmer, das man durch das Herausreißen einer Wand vergrößert hatte, alle möglichen Wohnstile von Nachgemacht-Antik bis Futuristik zu bewundern. Als alles eingerichtet war, fiel ihnen ein, dass man vergessen hatte, eine Zentralheizung zu installieren. Aber, was soll´s, dachte Hannes. Früher haben wir hier mit Holzöfen geheizt. Also kaufte man halt für jedes Zimmer einen Radiator. Irgendwann würde Hannes sich dann auch um die anderen Gebäude auf dem weitläufigen Grundstück kümmern. Aber das konnte warten, denn nachdem man diverse luxuriöse Fernseher, Musikanlagen, eine Hammondorgel und ein Schlagzeug, neue Garderobe für alle, einen Minibus für die ganze Familie, einen Grönlandhund im Wert von zweitausend Euro, einen Chihuahua im Wert von eintausendachthundert und einen Perserkater im Wert von neunhundert Euro, alle mit Stammbaum, angeschafft hatte, wurde das Geld allmählich knapp. Aber die beiden Kneipen, wie Hannes seine Restaurants nannte, brachten ihnen jeden Monat fünftausend Euro ein. Es gab einen Geschäftsführer, der dafür zu sorgen hatte. Unverständlich war Hannes allerdings, was das Finanzamt von ihm wollte. Nachdem er der Aufforderung, von seinem teuer ererbten Geld etwas abzugeben, nicht nachgekommen war, versuchte es das Amt mit Zwangsmaßnahmen, die bisher allerdings noch immer erfolgreich abgewehrt werden konnten. Schweinebande! Immer von den Armen!

Mit der Leitung der Restaurants oder gar der Arbeit in ihnen hatte Hannes nichts zu tun. Davon verstand er nichts. Außerdem waren ihm diese Läden viel zu vornehm. Noch dazu befanden sich beide Häuser in Salzgitter. Da hätte man ja ständig hinfahren müssen. Und umziehen kam nicht in Frage. Schließlich hatte man endlich wieder eine richtige Heimstätte. Außerdem verstand Hannes sowieso nicht, wie Leute für solch einen *Saufraß* so viel Geld ausgeben konnten. Ihm sollte es Recht sein. Der Geschäftsführer der Restaurants, Jochen Prokopka, hatte alle Freiheiten, solange er für die monatlich abzuzwackenden fünftausend Euro sorgte. Das hatte man so vereinbart. Doch nun hatte Herr Prokopka ein Problem. Es war zwar nicht neu. Aber bisher hatte sich immer der alte Eigentümer persönlich darum gekümmert. Es ging um die Sicherheit. Eines Tages tauchten zwei freundliche Herren auf, die auf eine Vereinbarung pochten, dass man pro Monat eine Rechnung für allerlei wertlosen Schnickschnack zu zahlen hatte, der absolut nicht gebraucht wurde. Dazu gab es ein Servicepaket an Sicherheit, was allerdings nicht auf der Rechnung verzeichnet war. Herr Prokopka, der das Geld ja schließlich erwirtschaften musste, wollte sich daher beim neuen Eigentümer rückversichern, dass dies auch so in seinem Sinne war. Also rief er Hannes Sauschläger an.

»Was wolln die? Geld? Für Sicherheit? Die solln mal bei mir vorbeikomme, denn sach ich se, was Sicherhheit is. Diese verfluchte Bagaasch, diese verfluchte!«

»Ich gebe zu bedenken, dass mit diesen Leuten nicht zu spaßen ist«, antwortete Herr Prokopka. »Der Vorbesitzer wusste schon, was er tat.«

»Der was?«, brüllte Hannes in den Hörer.

»Ihr Erbonkel hat sich mit den Leuten arrangiert.«

»Das intressiert mich´n Scheißdreck. Von mir gibt es nüscht, höchstens `n Tritt im Arsch. Wenn die nochemal komme, schmeiß se raus und schick se hierher. Und denn halt dir de Ohrn zu. Den Knall, wenn ich se im Arsch sapp, den hörste bis nach Salzgitter!«

So kam es, dass eines schönen Nachmittags eine elegante schwarze Limousine auf das Anwesen der Sauschlägers fuhr. Die beiden Herren trauten ihren Augen nicht, dass hier der zweifache Restaurantbesitzer seine Residenz haben sollte. Was sie sahen, mutete eher wie ein Flüchtlingslager aus der Nachkriegszeit an, und zwar eines von der ganz schlimmen Sorte. Diverse Baracken, die seit Jahrzehnten keinen Tropfen Farbe mehr gesehen haben mochten, auf einem total ungepflegten Grundstück. Vorgärten, die praktisch nur aus Brennesseln bestanden, ein Schuppen mit eingefallenem Dach, mitten zwischen den

Gebäuden ein drei Meter hoher Turm aus alten Möbeln, Müll und Schrott. Hier und da standen alte Polstermöbel in der Botanik. Vor einer der Bruchbuden schlug ein etwa zwölfjähriger Junge auf ein nagelneues Schlagzeug ein. Als das Auto zum Stehen kam, wurde es von mehreren Kinden, einem großen und einem winzigen Hund umringt.

»Hier können wir unmöglich richtig sein«, sagte der Fahrer des Wagens zu seinem Begleiter. »Wir sind hier in einem Slum gelandet. Lass uns abhauen, bevor noch was passiert.«

Doch zum Abhauen war es bereits zu spät. Die Kinder rissen Fahrer- und Beifahrertür auf. Der große Hund legte dem Fahrer die Pfoten auf den Schoß und leckte ihm das Gesicht ab. Und ein kleines Mädchen hielt dem Beifahrer eine Handvoll Schlamm vors Gesicht und sagte:

»Kuchen, Onkel. Schmeckt gut.«

Schließlich stiegen sie aus und merkten, dass sie von einem Mann mit Sonnenbrille von der Terrasse eines Hauses beobachtet wurden, auf das sie sich nun ganz langsam zubewegten.

»Sind Sie Herr Hannes Sauschläger?«

»Was seidn ihr für komische Vöchel?«

Nach einer kurzen Konversation, aus der die beiden gut gekleideten Besucher nicht recht schlau wurden, bat Herr Sauschläger die Herren schließlich ein sein luxuriös eingerichtetes Wohnzimmer, in dem ein gigantischer Fernseher einen Zeichentrickfilm ausstrahlte. Der Hausherr befahl dem davorsitzenden Kind, gefälligst in sein eigenes Zimmer zu gehen, um fernzusehen und bot seinen Gästen Platz auf einem unbequemen Jugendstilsofa an. Während des etwa zehnminütigen Gespräches war von draußen das Fluchen und Brüllen des Hausherren zu vernehmen. In dieser Zeit nahmen sich einige der Kinder des Wagens der Besucher an. Als die beiden gut gekleideten Herren schließlich fluchtartig das Haus verließen, trauten sie ihren Augen nicht. Der Wagen war in die Holzwand des alten Scheißhauses gefahren worden. Auf der Fahrerseite prangte in roter Farbe *Grimmenalboliseiaudo* und auf der anderen Seite *Aaschloch*.

Fluchend stiegen sie ein und sahen zu, dass sie Land gewannen. Im Abfahren rief der Beifahrer noch aus dem Fenster: »Wir haben es im Guten versucht, aber...«

Weiter kam er nicht. Herr Sauschläger warf einen Stein nach ihm. Und lernbegierig, wie seine Kinder nun mal waren, taten sie es ihm nach. Unter einem Steinhagel verlies das edle schwarze Gefährt, das nun als *Grimmenalboliseiaudo* gekennzeichnet war, das idyllisch gelegene Anwesen der Sauschlägers.

Als die Herren nach anderhalbstündiger Fahrt aussteigen, sollte eine weitere Überraschung auf sie warten. Eines der Kinder hatte nämlich eine Tube Sekundenkleber auf die Sitze verteilt. Daher kostete das Aussteigen etwas Mühe und die Rückfronten der Garderobe blieben auf den Sitzen haften.

- 3 -

»Herr Sauschläger, ich nehme keine neuen Mandanten mehr an. Ich schließe meine Kanzlei in Kürze.«

»Jetze spinn net rum. Du denkst doch bloß, dass ich dich net bezahln kann. Oder bin ich dich net fein genuch?«

Hannes Sauschläger machte nicht die geringsten Anstalten, Amadeus Besserdichs Büro zu verlassen. Es blieb dem armen Amadeus nicht erspart, sich die Geschichte dieses Herrn anzuhören.

»Also, mein Lieber, was Sie mir da erzählt haben, ist kein Fall für einen Anwalt, sondern für die Kriminalpolizei, Abteilung organisiertes Verbrechen. Sie haben es mit der Mafia zu tun und sollten froh sein, dass noch nicht mehr passiert ist. Sie und Ihre Familie sind in Gefahr. Außerdem: Sie kennen noch nicht mal die Namen der Leute, die bei Ihnen aufgekreuzt sind.«

»Das kriech ich schon raus. Diese Schweinebande hat immer Rechnunge geschickt, jedn Monat. Und da sollste für mich hingehn und die Leit zusammestauchen.«

»Seh ich so aus, als ob ich da hingehe und mich abknallen lasse?«

»Nun scheiß dich mal net in dar Hos.«

Allmählich wurde Amadeus ungehalten und passte sich der Lautstärke und Aufgeregtheit seines Besuchers an:

»Nun pass mal auf! Offenbar will es nicht in dein Hirn rein. Erstens habe ich keine Zeit für neue Mandanten, zweitens bin ich nicht der richtige Mann, um mich mit der Mafia anzulegen. Dafür ist die Polizei zuständig. Ich kann gerne Hauptkommissar Schneider über die Sache informieren, dass er sich...«

»Ach, leck mich doch am Arsch, du alberner Jockl!«

Jetzt kam Amadeus´ Sekretärin ins Zimmer geschossen, die angesichts der Lautstärke und des rauhen Tons offenbar Angst um ihren Chef hatte.

»So, mein Freund, das reicht jetzt. Ich habe dir gesagt, dass ich dir nicht helfen kann. Geh zur Polizei. Oder sonstwo hin! Aber geh!«

Ohne ein Wort stand Hannes Sauschläger auf, grunzte noch einmal abfällig und verließ ganz langsam und gemächlich die Kanzlei.

Am nächsten Tag hatte Amadeus Gewissensbisse. Was, wenn dieser bekloppte Kerl sich wirklich anlegt mit diesen Kriminellen? Die arme Familie konnte ja nichts dafür, dass der Ehemann und Vater offenbar nicht ganz dicht war. Aber vielleicht konnte man ja mit der Frau reden. Also überwand er seinen inneren Schweinehund, setzte sich ins Auto und fuhr zu der idyllischen Residenz der Sauschlägers, die von Bäumen und Sträuchern so verdeckt war, dass man dort gar keine menschliche Ansiedlung vermutete. Er war in seinem ganzen Leben noch nicht hier gewesen. Daher verschlug es ihm angesichts des Zustandes des Grundstücks und der Baracken die Sprache. Vor einem Haus stand eine schwarze Limousine mit der rot gesprühten Aufschrift *Grimmenalboliseiaudo*. Na, das passt zu Hannes Sauschläger, dachte sich Amadeus. Ein paar Kinder waren damit beschäftigt, mit einem Hammer die Seitenspiegel abzuschlagen. Er stieg aus und wollte gerade auf die Kinder einreden, damit sie aufhörten, den Wagen zu demolieren, da stürmten aus dem Haus zwei nackte Männer. Dahinter eine Frau mit einem Gewehr und ein vielleicht achtzehnjähriger Bengel mit einer Pistole. Ganz gemächlich schritt Hannes Sauschläger hinterher, schmiss ein Bündel Klamotten von der Terrasse und rief den Kindern zu: »Kommt her, macht Lagerfeuer. Verbrennt diese alden scheiß Klamotten.«

Die beiden nackten Männer sprangen in das Auto und fuhren davon, als ob der Teufel hinter ihnen her wäre. Hannes Sauschläger lächelte Amadeus an und sagte:

»So geht man um mit dism Schweinepack!«

Offenbar fühlte man sich angesichts seines Besuches geehrt und bat Amadeus ins Wohnzimmer.

»Na, was sachste nu? Alles nagelneu eingerichtet. Das hättste woll net gedacht?«

Amadeus sah sich anerkennend um und antwortete:

»Doch, interessantes Design. Und dazu auch gleich die passenden Haustiere.«

Auf dem altdeutschen Sofa hatte es sich der Grönlandhund gemütlich gemacht, auf dem Jugenstilsofa räkelte sich der Perserkater, und der kleine Chihuahua nahm den schweinsledernen Fernsehsessel mit elektronischer Steuerung für sich in Anspruch.

»Wenn ich meine neue Wohnung beziehe, werde ich mich beim Möbelkauf bestimmt daran erinnern.«

Dann berichtete Hannes, was gerade passiert war. Die beiden Typen waren noch mal gekommen, um richtig Druck zu machen. Sie ließen ihre Waffen, die sie unterm Jackett hatten, sehen und sprachen einige Drohungen aus, die bei Hannes allerdings gar nicht ankamen. Auf einmal stand Frau Sauschläger, eine kleine, zierliche, aber äußerst resolute Frau, mit einem Gewehr im Zimmer und zielte auf einen der beiden. Dann kam der älteste Sohn mit einem Messer, mit dem man einen Wal hätte töten können, und nahm ihnen die Pistolen ab. Und damit die Kerle nun endlich merken sollten, dass man sowas nicht mit den Sauschlägers tut, kam Hannes auf die Idee, sie ohne Kleider nach Hause fahren zu lassen.

»Das merkn se sich. Die komme net nochemal wieder.«

»Da wäre ich mir nicht so sicher. Ich kann euch nur dringend raten, geht zur Polizei. Ich kann gern Herrn Hauptkommissar Sch...«

»Ach, halt doch n Rand. Mir braugn kene Bolezei. Das machen ma schon selber. Haste doch gesehn.«

Es war sinnlos. Amadeus fuhr unverrichteter Dinge wieder ab, um einige Erfahrungen reicher, aber nicht weniger besorgt als vorher.

- 4 -

»Sie sind die größten Idioten, die mir in meiner bisherigen Laufbahn untergekommen sind!«, brüllte Hermann Wutgerut die beiden Männer an, die verschüchtert vor seinem Schreibtisch standen.

»Der Vierzigtausend-Euro-Wagen demoliert, der Ruf ruiniert, zwei Waffen haben Sie sich abnehmen lassen! Ich hätte Lust, Sie einfach abzuknallen. Aber die Zeiten sind ja vorbei. Wir sind schließlich seriöse Geschäftsleute. Was nicht heißt, dass Sie für den Schaden nicht gerade stehen müssen. Sie werden in Zukunft arbeiten, dass Ihnen die Schwarte kracht. Vom Fall Sauschläger sind Sie allerdings entbunden. Und jetzt raus!«

Am Besprechungstisch auf der anderen Seite des großen, elegant eingerichteten Büros saßen Ludmilla Schulz und Max Johannknecht. Letzterer war Wutgeruts rechte Hand, und Ludmilla war die Beauftragte des großen Chefs, der in Thüringen residierte.

»Mit dem Abknallen bin ich mir nicht so sicher, mein lieber Wutgerut«, sagte Ludmilla, eine Frau von Ende vierzig, in ihrem slavischen Akzent. Ludmilla war eine gutaussehende Blondine, elegant angezogen, meist verbindlich lächelnd. Max Johannknecht war Mitte dreißig, studierter Betriebswirtschaftler, etwas klein geraten, mit hellwachen blauen Augen ausgestattet. Wutgerut, ein Mann von Mitte fünfzig, hatte nur noch ein paar silbrige Haare auf dem Kopf und trug einen dunklen Tausend-Euro-Anzug. Resigniert kam er zu den beiden und setzte sich an den kleinen Konferenztisch:

»Aber, liebe Ludmilla, ich dachte, das haben wir hinter uns.«

»Wenn ich Ivan erzähle, dass du deinen Laden nicht im Griff hast, gibt es Ärger. Er ist zwar ein hochseriöser Geschäftsmann. Aber wenn er erfährt, was diese Tölpel sich hier geleistet haben, dann weiß ich nicht, was er tut.«

»Aber muss er es denn unbedingt erfahren?«

»Es ist mein Job, ihn über alles Wesentliche zu informieren. Ich reise ja nicht zum Spaß herum und inspiziere unsere Niederlassungen. Er will wissen, ob alles gut läuft. Die beiden haben ihre Waffen verloren. Stell dir vor, es wird jemand damit umgebracht. Ivan hat keine Lust, sich mit der Polizei herumzuschlagen.«

»Ludmilla, ich bringe die Sache in Ordnung. Ich setze mich ins Auto und rede mit diesem Sauschläger. Wenn er schon nicht als Kunde zu gewinnen ist, vielleicht kann er ja für uns tätig sein.«

»Du bist ein Optimist. Also gut, ich gebe dir eine Woche. Wenn bis dahin alles glatt ist, berichte ich Ivan nicht, was das hier für ein saftiger Laden ist.«

»Saftladen, nicht saftiger Laden«, korrigierte Max Johannknecht.

»Sei nicht so vorlaut, wenn erwachsene Leute sich unterhalten«, entgegnete Ludmilla, und an Wutgerut gerichtet: »Apropos abknallen. Hast du dir schon mal Gedanken gemacht über unseren anderen Geschäftszweig?«

»Du meinst die Bestattungsschiene?«

»Natürlich meine ich die. Es wird langsam knapp. Es kommen immer wieder Aufträge herein, und wir können die Toten schließlich nicht einfach wegschmeißen. Wir können bald keine Aufträge mehr annehmen, wenn wir die Verbleichten...«

»Verblichenen«, korrigierte Max und fing sich einen bösen Blick von Ludmilla ein.

»...wenn wir die Verblichenen nicht anständig unterbringen können.«

»Auch dazu melde ich mich innerhalb einer Woche«, antwortete Wutgerut.

Das Unternehmen war von Ivan – so hieß er zwar nicht wirklich, aber jeder nannte ihn so aufgrund seiner russischen Herkunft, aufgebaut worden. Anfang der neunziger Jahre lief alles noch ziemlich chaotisch. Aber es gelang Ivan, nie mit der Polizei in Konflikt zu geraten. Man hatte einen großen Kundenstamm in Thüringen und Sachsen-Anhalt. Und seit einigen Jahren expandierte man in Niedersachsen und Brandenburg. Ivan betrieb einen Lieferservice für Restaurantbedarf. Man kaufte extrem günstig ein und verkaufte mit fantastischen Gewinnspannen. Im Preis inbegriffen war ein Sicherheitsservice. Wer bei Ivan Kunde war, konnte davon ausgehen, dass ihm und seinem Restaurant so schnell nichts passierte. Die Geschäftsidee war nicht neu. Es gab beispielsweise italienische Vorreiter. Ivan hatte ganz klein angefangen mit Restaurants, deren Besitzer aus der ehemaligen Sowjetunion stammten. Ebenso wie Ivan. Als seine Zeit als Offizier in der sowjetischen Armee in Deutschland abgelaufen war, stand er vor dem Nichts. Mittlerweile hatte er ein kleines Imperium erschaffen. Er war ein angesehener Geschäftsmann. Da er im Restaurantbereich nicht weiter expandieren konnte – es tummelten sich einfach zu viele Mitbewerber in der Branche, hatte er eine weitere Geschäftsidee verwirklicht, die auch überregional von Bedeutung sein könnte: Die Beseitigung unangenehmer Zeitgenossen. Ein einziger Auftrag in diesem Geschäftszweig brachte soviel Gewinn wie eine Filiale im Restaurantbereich in einem ganzen Monat erwirtschaften konnte. Wichtig war, die Leute so zu entsorgen, dass sie einfach unauffindbar waren. Denn nach wie vor galt: Ohne Leiche kein Mord.

- 5 -

Am Morgen hatte der Briefträger ein Einschreiben des Finanzamts gebracht. Hannes hatte es nicht so mit dem Lesen. Selbstverständlich konnte er lesen, aber es strengte ihn doch ziemlich an. Nachdem der Brief am Nachmittag immer noch ungeöffnet auf dem Wohnzimmertisch lag und die Katze schon versucht hatte, ihn zu öffnen, griff Frau Sauschläger schließlich danach. Nach dem Studium des Briefes rief sie schließlich: »Verdammte Scheiße nochemal!«

Der kleine Chihuahua guckte ganz entsetzt und Hannes starrte seine Frau an: »Was isn nu passiert?«

»Was passiert is? Die verdammten Schweinebäster wolln Geld. Achtzigtausend Euro solln ma bezahln. Und wemma das net machen, wolln se unner Haus vasteichern.«

Jetzt rastete auch Hannes aus. Er und seine Frau übertrumpften sich mit kraftvollen Verwünschungen. Wo sollte man achtzigtausend Euro hernehmen? Alles, was der Erbonkel an Geld hinterlassen hatte, war ausgegeben. Sie hatten das Haus instand gesetzt, sich ordentlich eingerichtet, ein Auto gekauft und ein paar Haustiere. Man hatte nur die lächerlichen fünftausend Euro und das Kindergeld zur Verfügung. Davon konnte man solche Beträge nicht abzwacken.

Als das Ehepaar Sauschläger sich einigermaßen abreagiert hatte, hielt auf dem Anwesen eine schwarze Limousine.

»Die all wieder! Wenn die hier ein Fuß reinsetzen, schlach ich se korz und klän«, war Hannes´ erste Reaktion.

Aber er hatte sich unnötig aufgeregt. Dem Wagen

entstieg ein freundlich lächelnder Herr. Er mochte Mitte fünfzig sein und hatte einen Blumenstraß dabei. Lächelnd ging er auf Frau Sauschläger zu, die sich zusammen mit ihrem Mann vor der Haustür aufgebaut hatte und fragte:

»Habe ich die Ehre mit Frau Sauschläger?«

»Hm«, bekam er zur Antwort, und dazu einen Blick, der einen sensiblen Menschen wie Herrn Wutgerut hätte töten können. Aber er musste sich halt zusammennehmen und überreichte der Dame den Strauß und bat vielmals um Entschuldigung, dass seine Mitarbeiter sich so ungehörig aufgeführt hatten. Ziemlich verwundert baten sie den Besucher ins Wohnzimmer, das aufgrund des Wutausbruchs der Sauschlägers einigermaßen lädiert aussah. Hastig begann die Dame des Hauses aufzuräumen. Erst zwei Stunden später verlies ein etwas angetrunkener Wutgerut zusammen mit den Sauschlägers das Haus, um einen Rundgang auf dem Grundstück zu unternehmen.

»Das ist ja ein fabelhaftes Anwesen. Wie geschaffen für unsere Zusammenarbeit.«

Nach genauer Inspektion gingen die drei wieder ins Haus und Herr Wutgerut spezifizierte noch einmal die vereinbarte Kooperation:

»Also, unsere Firma übernimmt die achtzigtausend Euro, damit euch eine Versteigerung erspart bleibt. Dafür haben wir das Recht, zwölf Gegenstände auf diesem Grundstück zu deponieren. Ab dem dreizehnten Mal gibt es für jeden neu deponierten Gegenstand zehntausend Euro. Ich denke, das kann euch pro Jahr locker hunderttausend, vielleicht sogar hundertfünfzigtausend Euro einbringen. Damit seid ihr alle Sorgen los. Und auch für die Zukunft eurer Kinder ist gesorgt. Und, wie schon gesagt, das Wichtigste bei der ganzen Sache ist absolute Geheimhaltung.«

»So, und jetze müssn ma das örschtemal begießn«, sagte Frau Sauschläger und holte aus dem Kühlschrank, der sich in der Wohnwand befand, eine Flasche Spumante.

»Um Gottes Willen, nicht für mich«, sagte Herr Wutgerut. »Ich habe schon mehr als genug. Ich muss noch Auto f…«

»Mitgehange, mitgefange«, unterbrach ihn Frau Sauschläger und schenkte drei Gläser voll.

Als der Besucher gegangen war, machte es sich das Ehepaar Sauschläger so richtig gemütlich. Die Kinder durften den Pizzaservice anrufen, damit die Herrin des Hauses auch mal ihre Ruhe hatte und Hannes sagte ganz zärtlich zu seiner Frau:

»In letzter Zeit komme ma von äner Glückssträhn in de annare. Jetze könne ma uns sogar noch n Kind leistn.«

Und seine Frau entgegnete etwas gereizt:

»Vorher schneid ich dich lieber dein Ding ab.«

- 6 -

»Gratuliere«, sagte Ludmilla Schulz zu Wutgerut, nachdem er ihr über seinen Erfolg bei den Sauschlägers berichtet hatte. »Die beiden Pistolen hast du hoffentlich auch wieder mitgebracht?«

»Natürlich. Allerdings fehlt ein bisschen Munition. Zwei der Kinder haben damit Schießübungen gemacht.«

»Mein Gott, was ist das denn für eine Familie? Und du bist ganz sicher, dass es hinsichtlich unseres Deponiegeschäftes keine Schwierigkeiten mit den Leuten gibt?«

»Absolut«, antwortete Wutgerut. »Die Leute wissen, dass sie abhängig von uns sind. Ohne die achtzigtausend würden sie Haus und Hof verlieren. Die werden alles tun, um uns zufrieden zu stellen, glaub mir.«

»Na gut, damit hättest du dann deinen Kopf noch mal aus der Schlinge gezogen. Ivan wird dir dankbar sein. Er weiß gar nicht mehr wohin mit den zu deponierenden Objekten.«

»Kein Problem, wir können praktisch sofort loslegen. Das Grundstück der Sauschlägers ist so einsam; da kommt außer dem Postboten kein Mensch hin. Morgen wird der Mini-Bagger geliefert. Dann kann Herr Sauschläger schon mal üben. Und in zwei, drei Tagen kann theoretisch die erste Lieferung erfolgen. Ich werde beim ersten Mal anwesend sein, um mich zu überzeugen, dass auch alles klappt.«

»Dein Wort in Ohr von lieber Gott«, antwortete Ludmilla.

- 7 -

Im Büro von Manfred Wiebe, dem Geschäftsführer von Beermann Consult in Goslar, fühlte sich Amadeus mittlerweile wie zu Hause. In Kürze würde er das ehemalige Büro von Herrn Beermann beziehen, der ja ausgeschieden war. Im Moment wurde es gerade renoviert und neu eingerichtet. Die beiden Männer, der sechzigjährige Manfred und der dreiunddreißigjährige Amadeus, saßen in der Besucherecke und tranken Kaffee.

»Wann will Alexander hier sein?«, fragte Amadeus. Alexander war der russische Milliardär, der sich auf der Veranstaltung anlässlich Herrn Beermanns Verabschiedung so köstlich amüsiert hatte. Er bewohnte ein luxuriöses Domizil in London und wollte mit seinem Privatjet nach Hannover fliegen, um dann in Goslar einen Vertrag über eine große Beteiligung zu unterzeichnen.

»Ich denke, dass er so in zwei Stunden hier sein wird«, antwortete Manfred. »Ich würde sagen, dass wir den Papierkram hier im Büro erledigen. Sein Anwalt hat ja alles abgecheckt. Da gibt es weiter nichts zu besprechen. Dann kannst du ihn ja anschließend ins Hotel bringen und heute abend treffen wir uns alle da zum Essen.«

»Bringt er seine jugendliche Begleitung wieder mit?«

»Nein, nur einen Leibwächter und einen Chauffeur.«

»Na gut, dann sind wir heute abend also eine reine Herrengesellschaft. Ich werde mich bemühen, dass es nicht wieder zu irgendwelchen Katastrophen kommt. Zumindest werde ich nicht mit dem Stuhl schaukeln.«

»Ach, tu dir keinen Zwang an, Amadeus. Ich denke, dein Auftritt bei unserer Veranstaltung hat sehr zur Lockerung beigetragen. Die Leute haben sich prächtig amüsiert und die Geschäfte laufen.«

Als Alexander Safin zwei Stunden später auftauchte, begrüßte er Manfred und Amadeus wie zwei alte Freunde. Das muss wohl die russische Seele sein, dachte Amadeus, nachdem er sich aus Alexanders Umarmung gelöst hatte. Dann trank man Champagner und unterzeichnete schließlich die Verträge.

Der Chauffeur hatte das Gepäck bereits ins Hotel gebracht. Alexander wollte sich zu Fuß dorthin begeben, um noch etwas von der herrlichen Altstadt zu genießen, natürlich auf Schritt und Tritt von seinem Bodyguard verfolgt.

Um 19.30 Uhr betraten Manfred Wiebe und Amadeus Besserdich das Restaurant und wurden an den reservierten Tisch geführt. Alexander Safin war noch nicht da. Als er zwanzig Minuten später immer noch nicht kam, ging Amadeus an die Rezeption, um ihn in seinem Zimmer anzurufen.

»Das tut mir leid, aber Herr Safin ist noch gar nicht angereist. Lediglich ein Mitarbeiter, der Chauffeur, soweit ich weiß, hat eingecheckt.«

Der herbeizitierte Chauffeur hatte keine Ahnung, wo sein Chef und der Bodyguard stecken konnten. Schließlich warteten Manfred und Amadeus noch bis 21.00 Uhr. Dann riefen sie bei der Kriminalpolizei an. Es meldete sich Hauptkommissar Schneider, der noch im Büro war.

»Das ist in der Tat merkwürdig, Herr Besserdich. Wissen Sie was, der Abend ist sowieso gelaufen. Ich komme gleich zu Ihnen rüber ins Restaurant. Dann besprechen wir alles. Vielleicht ist der Herr ja auch bis dahin eingetroffen. Dann dürfen Sie mich zu einem Bier einladen.«

Manfred und Amadeus kannten Gerald Schneider bestens. Er hatte die Ermittlungen geleitet, bei denen es um die Morde ging, die Amadeus´ Vater begangen hatte.

Schneider war ein Mann von Anfang fünfzig, sehr höflich und korrekt. Er war gleich zweifach verheiratet: mit seiner Frau, mit der er einen Sohn hatte, und mit seiner Arbeit. Er war ständig bemüht, keine dieser beiden Ehen zu vernachlässigen. Als Schneider zehn Minuten später im Restaurant eintraf, war Alexander Safin noch immer nicht aufgetaucht. Die Gesichter der beiden Wartenden waren entsprechend sorgenvoll.

»Haben Sie denn keine Handynummer von Herrn Safin?«, wollte Schneider wissen.

»Doch«, antwortete Amadeus, »ich habe es gerade wieder versucht, aber es ist ausgestellt. Er hat das Büro gegen 17.00 Uhr verlassen und wollte zu Fuß zum Hotel bummeln, um die Altstadt zu genießen. Das ist jetzt viereinhalb Stunden her. Wenn er dringend nach London hätte fliegen müssen, dann wäre ja der Chauffeur nicht hier im Hotel. Wie sollte er denn zum Flughafen kommen? Außerdem hätte er sich gemeldet, ganz egal, aus welchem Grund er die Verabredung nicht einhalten könnte. Er ist ein gewissenhafter und höflicher Mensch.«

»Also, das Ganze beunruhigt mich schon etwas«, sagte Schneider. »Allerdings denke ich, dass wir heute Nacht nicht mehr viel bewegen können. Lassen Sie uns bis morgen früh abwarten. Wenn er sich dann immer noch nicht gemeldet hat, werde ich meine Leute in die Altstadt schicken, damit sie die Passanten und Restaurant- und Ladenbesitzer fragen, ob sie ihn gesehen haben. Hätten Sie vielleicht ein Foto von Herrn Safin?«

- 8 -

Am selben Tag hatte sich Herr Wutgerut wieder auf den Weg nach Clausthal-Zellerfeld im Oberharz gemacht. Denn heute sollte der Minibagger bei Sauschlägers angeliefert werden. Als er seinen Wagen vor dem Haus parkte, sah er das Ehepaar Sauschläger vor dem Haus sitzen - es war ein schöner warmer Junitag, aber die beiden sahen etwas abgekämpft aus.

»Na, was macht das Baggern?«, fragte er zur Begrüßung.

»Hau bloß ab, du alberner Heini«, antwortete Frau Sauschläger. »Da haste mit mein Alten ja vielleicht was gemacht. Als örschtes hatta ne Hauswand eingeschlaan. Dann hatta fast n Hund umgebracht, und um een Haar hätta mich abgemorkst. Der is änfach zu dämlich für soon Ding.«

Herr Sauschläger wollte seiner Gattin gerade ins Wort fallen, um sich zu rehabilitieren, als diese abwehrte und weiter redete:

»Da hab ich mich denn erbarmt und mich auf das Scheißding draufgesetzt. Jetze ham ma wenichstens die beeden Löcher, die de ham wolltest. Dis Baggerding is nüscht für Männer. Die han kän Gefühl für sowas.«

Als Wutgerut sich die Löcher zeigen ließ, sagte er ganz erstaunt:

»Meine Güte, du bist ein echtes Naturtalent. Dann lass doch deinen Mann die Hausarbeit machen und sich um die Kinder kümmern, und du machst die Baggerei.«

Hannes stand etwas pikiert daneben. Aber so war es nun mal. Seine Frau war in vielerlei Hinsicht der Boss. Sie konnte besser rechnen, lesen, schreiben, Leute mit Schimpfwörtern überziehen – dreimal war sie immerhin schon wegen Beleidigung verurteilt worden, und sie hatte auch besonderes handwerkliches Geschick, konnte besser Auto fahren und anderes mehr.

»Von da meinswägn. Denn soll doch die Alte baggern bis se schwarz wörd. Ich reiß mich net drum.«

Damit war der Fall entschieden.

»Prima«, sagte Wutgerut. »Teamarbeit ist wichtig in einer guten Ehe. Und heute Nacht kommt auch schon die erste Lieferung. Ihr müsstet euch dann gleich ins Zeug legen und die Löcher wieder schließen. Morgen früh muss alles erledigt sein. Ich schau morgen Vormittag noch mal vorbei, um mich zu überzeugen, das alles glattgegangen ist. Das mache ich aber nur am Anfang. Später seid ihr selbst verantwortlich, dass alles läuft wie geschmiert.«

»Darauf kannste dich verlassen. Das läuft bei uns wie es Katzenficken«, gab Herr Sauschläger zur Antwort, während seine Frau ihn angrinste und mit dem Ellbogen in die Seite stieß.

- 9 -

Am nächsten Morgen machten sich die Mitarbeiter von Hauptkommissar Schneider, ausgestattet mit einem Foto von Alexander Safin, auf den Weg in die Goslarer Altstadt. Gisela Berger ging den direkten Weg vom Haus der Firma Beermann Consult zum Hotel und fragte etliche Passanten, Laden- und Restaurantbesitzer, ob sie Safin am vergangenen Nachmittag gesehen hätten. Drei weitere Mitarbeiter durchkämmten die anderen Straßen und Plätze der Altstadt. Nach einer Stunde klingelte Giselas Handy. Es war ihr Kollege Max Scheuer.

»Gisela, komm sofort zur Marktkirche. Ich denke, ich hab' ihn gefunden.«

Fünf Minuten später war sie da. Es stellte sich heraus, dass eine Verkäuferin, die in einem Geschäft nahe der Marktkirche arbeitete, gesehen hatte, wie aus der Kirche ein Mann herausgetragen und in einen davor haltenden Krankenwagen gebracht wurde. Eine zweiter Mann wurde von zwei Sanitätern gestützt und ebenfalls in den Krankenwagen gebracht. Bei diesem handelte es sich mit großer Wahrscheinlichkeit um Alexander Safin.

»Wie konnten Sie den Mann erkennen?«, fragte Gisela.

»Ich war gerade mit den Auslagen vor dem Laden beschäftigt, als der Krankenwagen kam. Und neugierig, wie ich bin, habe ich die ganze Sache beobachtet«, antwortete die Verkäuferin, eine attraktive junge Dame von Anfang zwanzig. »Der Mann, den Sie mir hier auf dem Bild zeigen, hatte einen hellen Anzug an und er wurde von den Sanitätern mehr geschliffen als gestützt, so als ob er gar nicht bei Bewusstsein war.«

Zurück auf der Dienststelle, erkundigte sich Gisela im Krankenhaus nach den eingelieferten Notfällen des Vortages. Ein Alexander Safin war nicht dabei. Alle Telefonate mit DRK, Feuerwehr usw. verliefen negativ. Niemand weit und breit hatte einen Einsatz bei der Marktkirche. Und auch die Rettungsnummern 110 und 112 wiesen keinen Notruf von dort auf.

Als Gisela im Besprechungszimmer mit ihrem Chef und den drei anderen Kollegen zusammensaß, sagte sie schließlich:

»Das kann nur eines bedeuten: Safin und sein Bodyguard wurden entführt.«

»Ich fürchte, da können Sie Recht haben«, antwortete Schneider.

»Gisela, Sie bringen bitte alles in Erfahrung, was es über diesen Safin gibt. Und Sie, Max, helfen ihr dabei. Sie haben doch mal Russisch gelernt.«

»Ich hoffe, es ist noch genug davon übrig«, meinte dieser.

Max Scheuer war ein Kollege von Anfang vierzig, der noch zu DDR-Zeiten sein Abitur gemacht hatte. Vor einem Jahr hatte er sich um die Stelle in Goslar beworben und war inzwischen gut integriert.

Schneider selbst hing sich ans Telefon, um mit Safins Büro in London zu sprechen. Anschließend machte er sich auf den Weg zu Beermann Consult.

Gisela Berger war ein eher unscheinbares Geschöpf. Schlank, mittelgroß, dunkelblond mit undefinierbarer wuschelig-halblanger Frisur. Wenn sie zu spät aus den Federn kam und weder Lust noch Zeit hatte, einen Gedanken an ihre Kleidung zu verschwenden, sah sie auch schon mal etwas schlampig-leger aus. Was ihre Kollegen an ihr schätzten, war ihre Fähigkeit zuzuhören. Außerdem hatte sie einen analytischen Verstand und konnte die Dinge auf den Punkt bringen wie niemand sonst in ihrer Umgebung. Sie hatte eine Wohnung in Goslar, stammte aber aus dem Oberharz und verfiel gelegentlich auch in dessen viel geschmähte Mundart.

Am frühen Abend trommelte Schneider seine Mitarbeiter noch einmal zusammen, um den Stand der Dinge zu erörtern. Es gesellte sich auch der Polizeichef zu ihnen, der den Fall aufgrund seiner internationalen Dimension für sehr prekär hielt.

»Also, Freunde, ich will Sie darüber informieren, dass ich mit Safins Londoner Büro telefoniert habe. Man ist dort ziemlich besorgt, um nicht zu sagen, aufgelöst. Alexander Safin hätte heute wieder in London sein sollen. Dass er sich nicht gemeldet hat, ist sehr ungewöhnlich. Ich habe mit dem engsten Mitarbeiter von Safin gesprochen, der morgen zu uns kommen wird. Irgend etwas Konkretes, wer zum Beispiel im Falle einer Entführung dahinterstecken könnte, war ihm allerdings noch nicht zu entlocken. Wir werden uns bis morgen gedulden müssen. Außerdem war ich noch bei Beermann Consult und habe mit Herrn Wiebe gesprochen. Der konnte nicht sehr viel über Herrn Safin sagen. Nur, dass er wohl sehr reich ist und sich finanziell mit einer zweistelligen Millionensumme in seiner Firma engagiert hat. Er soll ein sehr herzlicher, freundlicher Mensch sein und ein außergewöhnlicher Geschäftsmann. Aber das ist natürlich nichts Besonderes. Was haben Sie, Gisela und Max, inzwischen recherchieren können?«

Max Scheuer gestikulierte, dass Gisela das Wort ergreifen möge, die auch ohne Umschweife loslegte: »Dank der Russischkenntnisse unseres Kollegen Max haben wir mehr herausgefunden als mit Deutsch und Englisch möglich gewesen wäre. Alexander Safin wurde am 12. September 1953 in der Nähe von Moskau geboren. Die Eltern waren mittlere Parteifunktionäre. Alexander war hervorragend in der Schule und studierte nach seiner Zeit in der Armee Wirtschaft und nebenbei noch Sprachen. Er machte schnell Karriere beim KGB und schaffte dann nach der Wende den Sprung in die Wirtschaft. Da nach der Abkehr vom Kommunismus niemand so recht wusste, wem was gehörte, rissen sich diverse KGB-Leute Firmen unter den Nagel. Alexander Safin war hier anscheinend sehr erfolgreich. Er erstand Anteile an Öl- und Gasfirmen für´n Appel und ein Ei und wurde schnell reich. Ausländische Kapitalgeber standen Schlange bei ihm. Und aufgrund seines Insiderwissens bezüglich KGB und Wirtschaft hat er Leute unter Druck gesetzt, ihm billig Anteile zu verhökern. Damit dürfte er sich kaum Freunde gemacht haben. Wenn wir verschiedene Vorgänge richtig deuten, dann ist er in Russland selbst in Ungnade gefallen. Offenbar ist der politischen Klasse dort reichlich spät aufgefallen, dass er aus ehemaligem Volkseigentum ein riesiges Privatvermögen gemacht hat. So ist er in den letzten Jahren auch gar nicht mehr nach Russland gereist. Möglicherweise fühlt er sich da nicht sicher. Trotzdem macht er nach wie vor in Russland Geschäfte, allerdings nicht unter seinem Namen. Aber er hat ja genug Firmen, die mit seinem Namen gar nicht in Verbindung gebracht werden. Fazit: Es gibt in Russland und den Staaten der ehemaligen Sowjetunion ebenso wie unter den Exilrussen jede Menge Leute, die gern ein Hühnchen mit Safin rupfen würden. Im Falle einer Entführung oder gar eines Mordes, was wir ja auch nicht ausschließen können, müssen wir zuerst in diese Richtung denken.«

»Das hört sich nicht gerade ermutigend an«, war Schneiders erster Kommentar. »Angesichts dieser Dimension und der internationalen Tragweite können wir unter Umständen damit rechnen, dass das Landeskriminalamt sich in diesen Fall einbringen wird, vielleicht auch das BKA.«

Der Polizeichef machte ein bekümmertes Gesicht und sagte:

»Danke, Frau Berger und Herr Scheuer. Man könnte geradezu eine Gänsehaut bekommen. Und das in unserem beschaulichen Goslar. Haben Sie denn schon irgend etwas hinsichtlich dieses ominösen Krankenwagens herausbekommen?«

Nun fühlte Schneider sich angesprochen und entgegnete: »Leider nein. Wir haben mittlerweile einen Rundumschlag vorgenommen, ob irgendwo ein Krankenwagen vermisst wird. Das Ergebnis ist bisher negativ.«

Wo bin ich? Dieser Mistkerl hat mich nochmal betäubt, damit ich mir den Ort nicht merken kann, an den er mich bringt. Wie lange soll ich es in dieser Drecksbude aushalten? Und – wird er mich wirklich freilassen, wenn ich ihm gebe, was er will? Hauptsache, ich lebe! Mir wird schon etwas einfallen. Jetzt klopft es an der Tür und der Mann sagt, dass ich in die Ecke gehen soll, damit ich ihm beim Öffnen nicht eins über die Rübe haue. Was hätte ich davon? Ich kann mich doch sowieso nicht befreien. Der Typ hat mich angekettet. Wenn ihm etwas zustößt, würde ich hier verhungern. Ist in Ordnung, ich gehe in die Ecke. Nur kein Risiko eingehen.

- 10 -

»Das klingt ja sehr erfreulich, Wutgerut«, sagte Ludmilla, die mal wieder in Salzgitter war, um sich zu erkundigen, ob der erste Auftrag auch zu ihrer Zufriedenheit erledigt war. Sie saß in Wutgeruts Büro und ließ sich von dem jungen Max Johannknecht Kaffee einschenken.

»Dieser Auftrag hat uns ein Vermögen eingebracht. Allerdings waren die Kosten auch astronomisch. Für Planung und Ausführung musste Ivan die besten Leute engagieren, die es auf dem Arbeitsmarkt gibt. Der Kauf des Krankenwagens ist da noch relativ bescheiden. Apropos Krankenwagen – wo ist der eigentlich geblieben?«

»Er steht sicher, nahezu unsichtbar, auf dem Grundstück der Sauschlägers. Allerdings wäre mir wohler, wenn er bald entfernt werden könnte. Zweifellos stellt er ein enormes Risiko dar.«

»Was sollen wir mit einem Krankenwagen? Der war nur für diese eine Aktion notwendig. Nochmal können wir das nicht machen. Also entsorge ihn am besten.«

»Wie denn? Wir können ihn doch nicht einfach verschrotten lassen.«

»Stell dich nicht so dumm an, Wutgerut. Lass dir etwas einfallen.«

»Du bist gut, Ludmilla.«

»Das weiß ich. Deshalb bin ich ja auch dein Boss.«

Jetzt meldete sich Johannknecht zu Wort:

»Vielleicht kann ja dieser Sauschläger ihn auseinanderbauen, und die Einzelteile schaffen wir dann ins Ausland zum Verschrotten.«

»Ah, unser Kleiner ist gar nicht so dumm wie er aussieht«, entgegnete Ludmilla. »Also, macht, was ihr wollt, aber macht es. Und absolute Sicherheit hat Priorität. Habt ihr das verstanden oder muss ich es hauen mit Hammer in euer Hirn?«

»Es ist doch immer wieder faszinierend, was Sie für eine zartfühlende Frau sind«, gab Johannknecht schmunzelnd zur Antwort.

Um die Sache gleich in trockene Tücher zu bringen, machte Wutgerut sich am Nachmittag auf den Weg nach Clausthal-Zellerfeld, um mit den Sauschlägers zu besprechen, was mit dem Krankenwagen zu geschehen hatte. Allmählich war es ihm lästig, so oft in den Harz zu fahren; er hatte schließlich auch noch seinen eigentlichen Job, den Restaurantbereich, zu managen. Aber in diesem äußerst prekären Fall durfte natürlich absolut nichts schiefgehen. Und mit Leuten wie den Sauschlägers konnte man nicht am Telefon reden, weil sie in ihrer Naivität – oder auch Blödheit, einfach alles ausschwafelten, was man einfach nicht aussprechen durfte. Der Krankenwagen, ein Mercedes, war mit einer Plane abgedeckt und stand im dichten Gestrüpp hinter einer der Bruchbuden. Hannes hatte seinen Kindern strikt verboten, den Wagen anzurühren, woran sie sich bis jetzt auch gehalten hatten. Im Wohnzimmer erklärte Wutgerut dann dem Ehepaar Sauschläger, wie die Beseitigung des Corpus Delicti erfolgen sollte:

»Der Wagen darf auf gar keinen Fall gefunden werden. Am besten, ihr baut ihn auseinander und zerlegt ihn in seine Einzelteile. Und ich lasse dann alles abholen und auf einen ausländischen Schrottplatz bringen.«

»Von Grenzkontrolln haste woll noch nüscht gehört?«, entgegnete Hannes.

»Du bist ganz schön schlau. Ja, ein gewisses Risiko ist das schon. Aber zusammen mit anderem Schrott...«

»Mach doch net soche Stippsterchen. Wozu ham ma denn den Bagger? Mir könne doch das ganze Scheißding enfach verbutteln. Und denn hat de liebe Seele Ruh und da Arsch hat Feieramd.«

»Was soll denn das fürn großes Loch wern? Und das soll ich denn woll machen?«, beschwerte sich Frau Sauschläger.

»Ja, das wäre auch eine Möglichkeit«, antwortete Wutgerut, und an Frau Sauschläger gewandt:

»Dafür kriegst du auch etwas extra. Wie wär´s mit tausend Euro?«

»Nüscht da«, unterbrach Hannes, »das mach ich. Aber net für tausend Euro. Zweitausend müssn schon drinne sein.«

»Du lässt deine Pfoten vom Bagger. Das mach ich. Sonst demolierste ma noch das ganze Grundstück.«

»Wer hier was macht, das bestimm immer noch ich. Das is mein Grundstück.«

Jetzt reichte es der Dame Sauschläger. Solche Widerworte ihres Mannes konnte sie partout nicht leiden:

»Haltn Rand! Ich schmeiß dich gleich ne Wotz am Rachen!«

Der arme Wutgerut konnte die Ernsthaftigkeit der Konversation des Ehepaars nicht recht einschätzen und bekam Angst, dass es gleich zu Handgreiflichkeiten kommen könnte. Deshalb versuchte er zu beschwichtigen:

»Liebe Leute, bleibt ruhig. Du baggerst und bekommst dafür tausend Euro. Und du, Hannes, bekommst fünfhundert Euro, weil es dein Grundstück ist. Und jetzt hört auf zu streiten. Wichtig ist, dass der Auftrag perfekt erledigt wird. Es hat nie einen Krankenwagen auf diesem Grundstück gegeben.«

Inzwischen hatte sich Axel, der achtzehnjährige Sohn der Sauschlägers, auch schon seine Gedanken gemacht. Abends erklärte er seinen Eltern, dass er im Internet einen

Käufer für den Krankenwagen gefunden hätte. Man würde das Auto abholen, ohne Papiere selbstverständlich, um es nach Afrika zu transportieren. Und dafür gäbe es zehntausend Euro bar auf die Hand. Nach langem Hin und Her beschloss man schließlich, den Wagen auf diese Weise zu entsorgen. Wutgerut konnte man in dem Glauben lassen, dass der Wagen auf dem Grundstück vergraben war. So konnte man auch doppelt kassieren. Hannes war sehr stolz auf die Geschäftstüchtigkeit seines Sohnes und sicherte ihm zweitausend Euro zu, um seinen Führerschein zu finanzieren. Als er abends mit seiner Frau bei einer Flasche Bier auf der Veranda saß, sagte er ganz versonnen:

»Mir ham schon klasse Kinner. Wenn se ach net wunner wie gut in dar Schul sind, im Kopp hamse mehr als manch än Studierter. Und dar Axel macht sogar Geschäfte im Indanet. Aus den wörd mal was, das sach ich dar.«

- 11 -

Am nächsten Morgen kam Vladimir Schindler zur Kriminalpolizei in Goslar. Er war der wichtigste Mitarbeiter des verschwundenen Milliardärs Alexander Safin. Ebenso wie sein Chef reiste er vom Flughafen in Hannover mit Bodyguard und Chauffeur an. Schindler war Mitte vierzig, groß, schlank und dunkelhaarig, hatte ein Gesicht wie ein Schäferhund und sprach gut deutsch mit leicht slawischem Akzent. Zusammen mit Hauptkommissar Schneider und seiner Assistentin Gisela Berger saß er in einem Besprechungsraum und erzählte bereitwillig alles, was man von ihm wissen wollte.

»Feinde? Natürlich hat Herr Safin Feinde. Jede Menge. Es gibt Konkurrenten auf allen Gebieten. Es gibt Neider. Es gibt Leute aus alter Zeit. Vor allem solche, die selbst gern erfolgreich wären, aber es nicht geschafft haben. Und es gibt in Russland Menschen bis in höchste Regierungskreise, die ihm vorwerfen, sein Vermögen durch Betrug gemacht zu haben. Was natürlich Quatsch ist. Kein Mensch arbeitet so hart wie Herr Safin. Und keiner hat so viel Grips im Hirn und einen solchen Spürsinn fürs Geschäft wie er.«

»Könnte es ein, dass jemand aus diesen Kreisen, die nach der Wende in Russland entstanden sind, ihm etwas antut? Ihn entführt oder nach dem Leben trachtet?«, wollte Schneider wissen.

»Natürlich könnte das sein. Allerdings wird sich niemand selbst die Hände schmutzig machen. Es gibt im Westen genügend Dienstleister, die man engagieren kann für Entführungen, Erpressungen und Morde. Gerade in Deutschland gibt es solche Organisationen. Aber das wissen Sie sicherlich besser als ich. Die führenden Leute waren früher bei der Armee oder beim KGB, wurden dann arbeitslos und wollten auf keinen Fall mehr zurück nach Russland. Viele haben hier Deutsche geheiratet, um nicht mehr zurück zu müssen, und dann in aller Ruhe ein Dienstleistungsunternehmen aufgebaut. Manche dieser Unternehmen arbeiten zusammen, teilweise auch mit deutschen und sonstigen internationalen Firmen. Nennen Sie es von mir aus Mafia.«

»Etwas ganz anderes«, meldete sich nun Gisela zu Wort. »Sollte Herrn Safin etwas zustoßen, wer beerbt ihn dann eigentlich?«

»Ich kenne sein Testament nicht. Er war dreimal verheiratet und hat insgesamt vier Kinder von diesen Frauen. Ich vermute, dass er seine Kinder im Testament bedacht hat. Aber ich habe keine Ahnung. Herr Safin sagt mir zwar sonst alles, aber darüber haben wir nie gesprochen. Das ist auch nicht so wichtig. Viel interessanter ist, wer das Vermögen bis zur Volljährigkeit der Kinder verwaltet. Sollten es die Frauen sein, die könnte man schon lenken. Sollte es jemand wie ich sein, dann hätten die Mörder ihr Ziel nicht erreicht.«

»Wer könnten denn Ihrer Meinung nach die Mörder sein?«

»Das ist ganz einfach. Es ist eine Clique in Russland, die sich zusammensetzt aus Wirtschaftsbossen und der großen Politik. Herr Safin hat in Russland mehr Besitz als diesen Leuten lieb ist. Und er hat damit automatisch Einfluss. Auf Politiker, auf die Wahlen, auf die wirtschaftliche Entwicklung. Wir beklagen im Westen den Einfluss von Konzernen und Banken auf die Politik. Wir reden von Lobbyismus. Das alles ist nichts im Vergleich zu dem, was in Russland abläuft. Hinzu kommen die korrumpierbaren kleineren Staaten der ehemaligen Sowjetunion. Leute wie Safin haben mehr Macht als mancher Regierungschef, weil sie mitbestimmen können, wer überhaupt Regierungschef oder Präsident wird. Sollte ihm also etwas zugestoßen sein, wovon ich mittlerweile ausgehe, dann suchen Sie in diesem Bereich. Aber Sie werden keine Unterstützung in Russland oder anderen ehemaligen Sowjetstaaten bekommen. Also beschäftigen Sie sich am besten mit der Mafia in Deutschland. Denn in diesen Kreisen wird man wohl auch den oder die Mörder, also die reinen Ausführer der Tat, suchen müssen. An die, die die Fäden ziehen, kommen Sie sowieso nicht ran.«

Gerald Schneider und Gisela Berger waren nach dem Gespräch mit Vladimir Schindler mehr als ernüchtert.

»Auf die große Politik verstehe ich mich nicht, Gisela. Die Drahtzieher, die möglicherweise in Russland oder sonstwo sitzen, werden wir kaum kriegen. Also lassen Sie uns mit Volldampf diesen verdammten Krankenwagen suchen. Das ist im Moment der einzige Anknüpfungspunkt, um der Wahrheit ein Stück näher zu kommen.«

Es klopfte erneut an der Tür und er bekam den Befehl, sich in die Ecke zu hocken. Dann kam der Mann herein und setzte sich auf den einzigen im Raum befindlichen Stuhl. Er selbst nahm auf dem Bett Platz. Wie lange soll das noch so gehen? Was wollen Sie von mir? Ich musste erstmal nachdenken, wie ich selbst mit dem Leben davonkomme. Wenn herauskommt, dass Sie leben, bin ich tot. Ist Ihnen bewusst, dass ich mein Leben für Sie riskiere? Ja, das ist mir klar. Aber Sie sollen es ja nicht für umsonst machen. Ich kann Ihnen fünf Millionen bieten. Soviel habe ich auf privaten Konten in Ländern, von denen Sie wahrscheinlich noch nie etwas gehört haben. Und wie wollen Sie da rankommen? Ich brauche nur einen Computer. Dann eröffnen wir ein Konto für Sie in einem dieser Länder und transferieren das Geld. Gut und schön. Aber ich brauche einen Vorsprung.

Sobald herauskommt, dass Sie leben, geht die Jagd auf mich los. Wenn man die Mittel hat, gibt es auch Wege, dass diese Jagd schnell im Sand verläuft. Ich muss es wissen. Ich bin selbst ein Überlebenskünstler. Eigentlich sollte ich jetzt tot sein, aber ich sitze hier vor dir. Außerdem ist es inzwischen zu spät, sich darüber Gedanken zu machen. Hör auf zu jammern, nimm die fünf Millionen und fang ein neues Leben an.

- 12 -

Amadeus öffnete das Haus seiner Großtante Lilly mit dem Schlüssel, den sie ihm nach dem Einbau der neuen Schlösser gegeben hatte. Für alle Fälle, hatte sie gemeint. In ihrem Alter könne man ja nie wissen. Als er dann ins Esszimmer kam, hatte sie immer noch nicht bemerkt, dass sie Besuch hatte. Sie saß hochkonzentriert über einem Wust von Papieren. Um sie nicht zu erschrecken, klopfte er leise an die geöffnete Tür und erreichte damit das Gegenteil. Sie schrie vor Schreck auf:

»Mein Gott, Junge! Bist du des Wahnsinns fette Beute? Ich habe mich fast zu Tode erschreckt. Ich habe dir doch nicht den Schlüssel gegeben, damit du mich umbringst. Man kann auch klingeln, obwohl man einen Schlüssel hat. Stell dir vor, ich hätte es hier mit meinem Liebhaber getrieben, und du hättest uns in flagranti erwischt.«

»Entschuldigung, Tante Lilly. Ich wollte dich wirklich nicht erschrecken. Deshalb habe ich ja geklopft.«

»Entschuldigung angenommen. Aber wo du schon da bist, hilf mir doch mal. Was ist der Unterschied zwischen Arsch und Marsch? Ich meine das nicht vom Anatomischen her. Manchmal sagt man in der Oberharzer Sprache Arsch, so wie fast überall in Deutschland, also auch im Hochdeutschen. Aber gelegentlich sagt man eben Marsch. Warum ist das so? Das muss doch eine Bedeutung haben?«

»Mein Gott, Tante Lilly. Da fragst du den Richtigen. Ich weiß es nicht. Am besten, du wendest dich an einen Menschen, der die Oberharzer Mundart täglich spricht.«

Lilly, die einundachtzigjährige Großtante von Amadeus, war eine pensionierte Oberstudienrätin. Im Gegensatz zu ihren Kollegen mochte sie die hiesige Ausdrucksweise. Seit einiger Zeit war sie damit beschäftigt, ein

Wörterbuch der Oberharzer Sprache zu schreiben. Sie hatte festgestellt, dass es im Harz acht unterschiedliche Mundarten gibt. Das hatte vor allem etwas mit der Zuwanderung in vergangenen Jahrhunderten aus unterschiedlichen Regionen zu tun. Die Oberharzer Sprache kam einst aus dem Erzgebirge und wird lediglich in sieben Orten gesprochen. Obwohl über die Jahrhunderte viele Generationen von zugereisten Lehrern versucht hatten, diese Sprache zu eliminieren, war sie einfach nicht totzukriegen. Zur großen Freude von Lilly. Nur leider beherrschte sie diese Sprache nicht vollkommen. Denn aufgewachsen war sie in der hannoverschen Gegend.

»Die Leute, die diese Sprache beherrschen, habe ich alle schon genervt. Ich kann doch nicht ständig anrufen und fragen, wann man Arsch oder Marsch sagt. Ich bräuchte einen Menschen, der wirklich Zeit für mich hat. Außerdem muss er unverbildet sein und am besten des Hochdeutschen nicht mächtig.«

»Tante Lilly, ich denke da habe ich für dich genau den Richtigen.«

Erwartungsvoll schaute sie Amadeus an.

»Er heißt Hannes Sauschläger und wohnt in Clausthal-Zellerfeld. Wenn du möchtest, kann ich mit dir hinfahren. Du wirst deine wahre Freude an ihm haben.«

- 13 -

Der Sommer war für Oberharzer Verhältnisse ungewöhnlich warm und trocken. Hannes Sauschläger hatte morgens bereits ein Bad in dem nahegelegenen Teich genommen und saß nun, nachdem das Mittagessen vorbei war, auf der Terrasse. Die vier älteren Kinder vergnügten sich irgendwo, und die beiden jüngsten spielten auf dem weitläufigen Grundstück. Da läutete sein Handy.

»Was willstn du all wieder? Was willste? N Loch? Und wann? Ach, du Scheiße. Na, von mir aus. Is gut. Wörd gemacht.«

Als seine Frau auf die Terasse kam, sagte er:

»Dar Wutti hat angerufen. Du sollst n Loch machen. Muss übermorgn fertich sein.«

»Der kann mich mal am Marsch lecken. Bei dieser Hitz mach ich käne Löcher.«

»Wörd dir wohl nüscht anneres übrich bleim.«

»Aber net mehr heute.«

»Biste schwerhörich? Ich hab gesacht: übermorgn. Mach es doch morgn; vielleicht is es denn net mehr so heiß.«

»Denn machst du aber n Haushalt und es Kochen.«

»Nun mach mal käne Stippsterchen. Ich mach all grade genuch. Von mir aus kann ich ja kochen. Aber wenn de Ballichstülpen krichst, brauchste dich net zu beschwärn.«

»Ja, n ganzen Tach mitm Marsch im Liechestuhl liegn, du fauler Sack.«

Während dieser zärtlichen Kappelei des Ehepaars Sauschläger fuhr Amadeus Besserdich mit seinem Auto auf das Grundstück. Er stieg aus, winkte den beiden zu und öffenete die rechte Tür, um einer älteren Dame herauszuhelfen. Neugierig gingen die Sauschlägers auf die beiden zu, als Amadeus sagte: »Hallo, ich habe meine Großtante

Lilly mitgebracht. Sie würde sich gerne mal mit euch unterhalten.«

»Unterhaltn? Mit uns? Wörüber denn?«, wollte Hannes wissen.

»Nun lass de Leut doch örschtemal neinkomme, du alberner Kerrel«, kritisierte seine Frau ihn.

Frau Sauschläger kümmerte sich sofort um Lilly, bot ihr einen Platz an und holte etwas zu trinken.

Amadeus nahm Hannes beiseite und fragte:

»Und wie sieht es mit deinen Problemen aus?«

»Probläme? Ich ha käne Probläme.«

»Red nicht so einen Scheiß. Du weißt, was ich meine.«

»Ach so. Das is alles geklärt. Die wolln nüscht mehr von mir. Die sin froh, wenn ich se in Ruh lass, damit se net mehr nackelt in dar Gegnd rumfahrn müssn.«

»Mit den Leuten ist nicht zu spaßen.«

»Ich will ja ach net spaßn. Aber wenn mir äner was tut, denn schlach ich ne de Zähn ein, dasse ne ausm Arsch wieder naus komme.«

Man verabredete sich, dass Amadeus seine Großtante in zwei Stunden wieder abholen würde. Währenddessen wollte er in seiner Kanzlei, die sich in Auflösung befand, noch einiges erledigen.

In den nächsten zwei Stunden war Lilly ganz aus dem Häuschen. Mit den Sauschlägers hatte sie einen wahren Schatz geborgen, was die Erforschung der Oberharzer Mundart betraf. Die Sauschlägers konnten ihr zwar auch nicht erklären, warum es manchmal Arsch und manchmal Marsch hieß, aber sie konnte viele andere Fragen, die ihr auf dem Herzen lagen, abhaken. Man verabredete, dass Lilly gelegentlich wiederkommen dürfe, um weitere Fragen zu erörtern.

»Mein Gott, ihr lebt hier vielleicht in einer Idylle. Wenn man die eine oder andere Ecke von Unkraut befreien würde und ein paar schöne Sträucher anpflanzt, dann entsteht hier noch ein wahres Paradies, Sauschlägers Paradies, genauer gesagt.«

Als Amadeus zurückkam, fragte er:

»Ihr habt dahinten im Gestrüpp einen kleinen Bagger stehen. Wozu braucht ihr denn den?«

Die Sauschlägers sahen sich für einen kurzen Moment ernst an, und Hannes antwortete:

»Es Rita übt baggern. Vielleicht machen ma uns mal selbschtändich mitm Baggern.«

Amadeus fühlte sich leicht verarscht. Er kannte mittlerweile den seltsamen Humor von Hannes und ging nicht weiter darauf ein.

Als Amadeus und Lilly wieder gefahren waren, sagte Rita Sauschläger zu ihrem Mann:

»Das mit die Pflanzen is ne gute Idee von der Alten. Ich fahr mal los und kauf Rosen und annere Sträucher. Und denn pflanzen ma auf jedes Loch, das ma wieder zugemacht ham, was drauf. Denn kann auch käner sehn, dass ma da gebuddelt ham.«

- 14 -

Kommissar Schneider betrat Giselas Büro, das sie sich normalerweise mit einem Kollegen teilte. Sie war allein und stopfte sich gerade in nicht sehr damenhafter Weise ein Croissant in den Mund. Schreibtisch und T-Shirt waren mit Krümeln übersät. Freundlich lächelnd sagte Schneider:

»Guten Appetit«, und bekam mangels Sprachfähigkeit seiner Mitarbeiterin ein langes *Mmhmmm* zu Antwort. Nachdem sie alles heruntergeschluckt hatte, schoss es aus ihr heraus: »Wir haben den Krankenwagen.«

»Was!?«

»Der Zoll in Hamburg hat ihn beschlagnahmt, bevor er auf ein Schiff nach Westafrika geladen werden konnte.«

»Und woher wissen Sie, dass es *unser* Krankenwagen ist?«

»Wir haben sowohl die DNA von Alexander Safin als auch die von seinem Leibwächter. Natürlich gibt es auch noch andere DNAs darin. Aber offenbar waren Safin und sein Leibwächter die letzten Patienten. Und danach hat sich niemand mehr die Mühe gemacht, den Wagen gründlich zu reinigen.«

»Und wer ist der Eigentümer? Also wer wollte den Wagen nach Afrika exportieren?«

»Das ist ein ganz harmloser Laden mit Namen Cars Bound for Africa Ltd. mit Sitz in Hamburg.«

»Und woher haben die den Wagen?«

»Bei allem Verständnis, Chef, aber so weit bin ich noch nicht. Es ist ja nicht verboten, Krankenwagen nach Afrika zu verkaufen. Der Zoll hat den Wagen lediglich festgesetzt, weil wir ihm die Mitteilung geschickt haben, alle Krankenwagen, die verschifft werden sollen, festzuhalten. Aber alles weitere müssen wir schon herausfinden. Ich habe die Kripo in Hamburg gebeten, ihre Spurensicherung zu veranlassen, die Krankenkutsche auf DNA zu untersuchen, was auch prompt zu einem Ergebnis geführt hat. Aber die Kollegen haben noch nicht in Erfahrung gebracht, von wem diese Firma Cars Bound usw. den Wagen erworben hat. Was mir allerdings schleierhaft ist, denn ich weiß mittlerweile, wer der Vorbesitzer war.«

»Sie machen mich neugierig, Gisela.«

»Also, ein Rettungsdienst in Bochum hat diesen Wagen an einen Laden namens Krankentransport Halle-Land e.V. verkauft. Kaufvertrag ist vorhanden, alles klar. Aber diesen Krankentransport Halle-Land e.V. gibt es gar nicht. Und nun kommt der Clou. Der Kaufpreis wurde in bar bezahlt. Achtundzwanzigtausend Euro in bar.«

»Das gibt es doch nicht.« Schneider setzte sich auf Giselas Besucherstuhl und stützte die Ellbogen auf den Tisch.

»Das heißt also, dass der Hamburger Exporteur den Wagen vermutlich von einem Verein gekauft hat, den es gar nicht gibt. Ich will morgen nach Hamburg und diese komische Firma umkrempeln, bis wir ins letzte Detail nachvollziehen können, was hier gelaufen ist. Dieses alberne Amtshilfezeug geht mir unheimlich auf den Sa..., äh, auf die Nerven. Bitte, Chef, lassen Sie mich fahren.«

Den letzten Satz hatte Gisela wie ein kleines Kind betont, das unbedingt noch einen Lutscher wollte, obwohl es schon schlechte Zähne hatte.

»Ich denke, Sie haben Recht, Gisela. Und Sie dürfen mich auch fragen, ob ich mitkomme.«

»Kommen Sie mit?«

»Ja. Ich hole Sie um sieben Uhr zu Hause ab.«

»Um *sieben* Uhr? Ich hätte Sie besser nicht gefragt.«

Am nächsten Morgen um zehn Uhr saßen Gerald Schneider, Gisela Berger und Fritjof Petersen, ein Hamburger Kollege, Herrn Lasche gegenüber, dem Inhaber der Firma Cars Bound for Africa Ltd. Das winzige Büro in einem Gewerbegebiet bot kaum Platz für die vier Stühle. Bereitwillig erzählte Herr Lasche, ein vierzigjähriger Hühne mit wallendem blonden Haar, was die Kripo von ihm wissen wollte.

»Also, ich habe keine Geheimnisse. Wir hatten noch nie Probleme mit dem Zoll oder mit der Steuer oder gar mit der Polizei. Bei uns läuft alles, wie es sich gehört.«

»Komisch ist nur, dass Sie den Wagen von jemandem gekauft haben, den es gar nicht gibt«, sagte Gisela. Sie wies auf den Musterkaufvertrag, den Herr Lasche ihr gegeben hatte. »Der Verkäufer ist ein gewisser Peter Schweinehauer in Salzgitter. Mein Anruf bei der Meldebehörde und alles Nachschauen im Telefonbuch und im Internet hat ergeben, dass es diesen Menschen gar nicht gibt. Außerdem ist im Fahrzeugbrief ein Rettungsdienst in Bochum angegeben. Woher wussten Sie also, ob diesem komischen Herrn Schweinehauer dieser Wagen überhaupt gehört? Er kann ihn doch auch geklaut haben.«

Die drei Beamten durchbohrten Herrn Lasche mit ihren Blicken, und er hatte Schwierigkeiten, sich zu konzentrieren.

»Wer den Brief hat, ist der Eigentümer. Bei solchen Verkäufen, die für den Export bestimmt sind, lässt man doch nicht noch ein paarmal den Eintrag im Fahrzeugbrief ändern. Ich habe einen Kaufvertrag mit Quittung des Verkäufers.«

Nun schaltete sich Schneider ein:

»Und den Betrag von zehntausend Euro haben Sie Herrn Schweinehauer in bar gegeben. Wie kam das

Geschäft überhaupt zustande? Wo haben Sie den Verkäufer kennengelernt?«

»Sie finden mich im Internet. Fast alle, die den Kontakt mit mir suchen, finden mich da.«

»Und wo haben Sie den Wagen abgeholt?«

»Wir hatten verabredet, dass wir uns auf der Autobahnraststätte Seesen treffen.«

»Wann fand dieses Treffen statt? Bitte genaues Datum und Uhrzeit.«

»Das war genau heute vor einer Woche, und zwar um Mitternacht.«

Jetzt konnte Gisela sich nicht mehr halten und meldete sich zu Wort:

»Natürlich. Wann soll man denn ein seriöses Geschäft mit einem Unbekannten auch sonst machen als um Mitternacht auf einer Aubahnraststätte?«

»Ich arbeite, wenn es sein muss, rund um die Uhr.«

»Und wer hat diesen Terminvorschlag gemacht? Sie oder Herr Schweinedingsbums?«

»Herr Schweinehauer.«

»Und das hat Sie nicht stutzig gemacht?«

»Nö, warum auch? Man kann zu jeder Tages- und Nachtzeit Autos verkaufen.«

Schneider kam gar nicht mehr zu Wort. Was soll´s, dachte er, Gisela macht das ja wirklich gut.

»Und Sie sind dann mit Ihrem Abschleppwagen dahin gefahren und haben Herrn Schweinehauer getroffen?«

»Ja. Herrn Schweinehauer und eine Frau, die er mitgebracht hatte.«

»Eine Frau?«

»Ja, eine Frau von vielleicht Ende dreißig, klein, schlank, dunkles Haar. Sie schien sowas wie der Boss zu sein. Aber das ist ja oft so bei Paaren.«

»Sie werden uns dann bitte noch eine exakte Beschreibung der beiden geben. Ist Ihnen an den Leuten irgend etwas aufgefallen?«

»Nö, was soll mir denn da aufgefallen sein? Das war ein ganz normales Paar, wahrscheinlich verheiratet. Was mir auffiel war die komische Sprache.«

»Waren das Ausländer?«

»Nö, das glaub ich ja man nun nicht. Das war so´n ganz komischer Dialekt. Irgendwie so, ach ich weiß nicht, so´n ganz ordinärer Slang. Ich kann mich gar nicht erinnern, sowas schon mal gehört zu haben.«

Nun legte Gisela los. In ihrem besten Oberharzer Jargon redete sie auf Herrn Lasche ein:

»Jetze mach mal käne Stippsterchen. Gib mich das Geld und denn mach, dass de den Wogn da drauf krichst und denn mach dich ab nach Hamborch.«

»Genau so«, gab Herr Lasche hoch erregt und fast brüllend von sich.

»Okay, damit steht fest, dass besagte Herrschaften aus dem Oberharz stammen. Und was war mit den Nummernschildern, Herr Lasche?«

»Wieso, was soll damit gewesen sein? Die haben ihre Nummernschilder abgeschraubt und ich habe den Wagen auf meinen Abschlepper gehievt, basta.«

»Die beiden müssen ja ein zweites Auto gehabt haben, um wieder nach Hause zu kommen.«

»Keine Ahnung, hab ich nicht drauf geachtet.«

Jetzt war es für Schneider an der Zeit, sich einzuschalten:

»Nun gut, Herr Lasche. Inwieweit Sie sich strafrechtlich etwas haben zu Schulden kommen lassen und welche Ordnungswidrigkeiten Sie begangen haben, das interessiert mich nicht sonderlich. Darum werden sich möglicherweise unsere Hamburger Kollegen kümmern. Wir haben hier für die Aufklärung eines Kapitalverbrechens zu sorgen. Und dabei spielt Ihr Krankenwagen eine Rolle. Wir müssen zunächst einmal die Leute ausfindig machen, denen Sie den Wagen abgekauft haben. Und dazu brauchen wir Ihren Computer. Zeigen Sie uns bitte die Mails, die Sie mit den Leuten ausgetauscht haben.«

Herr Lasche schaute drein wie ein zerknitterter Hut:

»Das ist doch alles längst gelöscht. Was ich täglich für Mails bekomme..., und außerdem brauche ich meinen PC; den können Sie nicht einfach...«

»Sie werden sich wundern, was wir alles können. Wer nachts auf der Autobahn von Leuten, die sich nicht mal identifizieren, einen Krankenwagen kauft, der im Zusammenhang mit einem schweren Verbrechen steht, der ist nicht gut beraten, die Arbeit der Polizei in irgend einer Weise zu behindern. Gisela, nehmen Sie bitte den PC mit.«

Lasche schaute Gisela Berger resigniert an und Schneider fuhr fort:

»Haben Sie noch andere PCs?«

»Nein; das heißt, meine Buchhalterin, die zweimal die Woche kommt. Aber der hat gar kein Emailprogramm.«

»Wieviele Leute sind Sie hier überhaupt im Betrieb?«

»Neben mir und der Buchhalterin gibt es noch einen Einkäufer für Gebrauchtwagen. Aber der hat mit der Krankenwagen-Sache nichts zu tun.«

Wieder in Goslar, brachte Gisela den Computer von Herrn Lasche sofort zu Computerspezialist Michael Biermann. Wenn einer aus den gelöschten Daten die entsprechenden Mails herausfieseln konnte, dann dieser junge Mann. Er lebte geradezu in Computern.

»Also, ich möchte so schnell wie möglich die

entsprechenden Mails haben. Und was noch wichtiger ist: die IP. Ich muss unbedingt wissen, wer diese Mails geschrieben hat. Es müsste sich um jemanden handeln, der im Oberharz sitzt.«

»Mädchen, eines Tages lache ich mich noch tot über dich. Ich möchte auch dies und jenes. Aber die IP ist nicht immer herauszukriegen. Die Geolocator-Programme sind zwar recht brauchbar. Und ich kann auch darüber hinaus noch einiges tun. Aber es ist genausogut möglich, dass der Typ im Harz sitzt und er wird in Tacatucaland lokalisiert. Soll ich dir erklären, woran das liegt?«

»Behalt´s für dich. Aber mach hin. Am besten, du legst eine Nachtschicht ein.«

»Natürlich, was soll ich auch sonst nachts machen? Es sei denn, du hast Lust, mit mir in die Kiste zu springen.«

»Vergiss es. Ich bin schließlich keine Kinderschänderin.«

Am nächsten Vormittag stand Michael plötzlich in Giselas Zimmer.

»Ich hab mir die ganze Nacht um die Ohren gehauen. Die Emails habe ich gefunden. Aber...«

»Sag nicht, dass du den Absender nicht lokalisiert hast.«

»Ich hab den Absender nicht lokalisiert. Der Typ muss echt Ahnung von Kryptologie haben. Ich kriege ja manches raus. Eigentlich das meiste. Aber hier kannst du es einfach vergessen. Von mir aus bring den PC zum BKA oder zum Geheimdienst oder zur CIA. Ich garantiere dir, dass...«

»Scheiße! Und mit so einem Stümper soll ich in die Kiste springen?«

»Und wenn du mir ein ganzes Harem versprichst, der Absender der Mails ist nicht lokalisierbar. Ende.«

Missmutig nahm Gisela sich die Mails vor: Anfrage mit kurzer Beschreibung des Krankenwagens. Angebot aus Hamburg. Treffpunkt ausgemacht. Keine Namen, nur ein Pseudonym als Absender: Tatuetata. Kein Hinweis auf irgendeine Identität. Mist, verdammter!

Auch die Phantombilder, die aufgrund der Aussage von Herrn Lasche in Hamburg angefertigt worden waren, führten ins Leere. Zwei absolut nichtssagende Gesichter, die nicht mal Herrn Lasche selbst zusagten. Der Mann muss wohl nur auf den Krankenwagen geschaut haben, den er für zehntausend Euro gekauft hatte und für zwanzigtausend weiterveräußern wollte.

- 15 -

Die Sauschlägers waren Originale, wie sie im Buche stehen. Solche Leute mochte Lilly. Sie, die alte Oberstudienrätin, die unzählige Schüler auf das Abitur vorbereitet hatte, genoss es, mit Menschen zusammen zu sein, die zwar nicht gebildet, aber dafür unverbildet waren. Es ist nun mal so, dass nicht alle von Haus aus das mitbekommen, was für eine gute Schulbildung nötig ist, dachte sie. Sie hielt das ganze System für krank, in dem die Eltern erheblich zum Erfolg der Kinder beitragen müssen. Ich kann dieses System nicht mehr ändern. Und außerdem lässt sich der Wert eines Menschen nicht daran messen, ob er die höhere Mathematik und drei Fremdsprachen beherrscht. Zwei Wochen nach ihrem ersten Besuch hatte Lilly sich erneut bei den Sauschlägers angekündigt. Sie hatte einen Kuchen gebacken, einige Sträucher aus ihrem Garten ausgebuddelt und alles samt ihrem Laptop ins Auto gepackt und machte sich auf den Weg.

Währenddessen saß das Ehepaar Sauschläger auf der Terrasse und erholte sich von der anstrengenden Arbeit am Morgen. Gestern gab es wieder eine Lieferung, und Rita Sauschläger hatte heute in aller Frühe das Loch zugebaggert, während ihr Mann sich um den Haushalt zu kümmern hatte.

»Na, ich bin mal gespannt, was es Lilly heute wieder will. Die Alte hat ja richtich was im Kopp, du meine Fresse nochemal«, redete Rita auf ihren Mann ein.

»Was soll se den wolln? Die is gerne hier und denn kann se aach gleich mit ihrm Sprachkrempel weitermachen. Ich versteh zwar net, warum se das macht, aber lasse doch.«

Nach einer längeren Pause sagte Rita zu ihrem Mann:

»Ich wörd ja zu gerne wissen, was ma da andauend verbuddln. Dar Wutti saacht, das is nüscht Schlimmes. Jedenfalls soll es net gefährlich sein.«

»Naja, solange es käne Leichen sind, is es mich scheißegal.«

Jetzt fingen beide an zu lachen und Rita entgegnete:

»Seit wann sindn Leichen gefährlich?«

»Da haste aach wieder Recht. Bloß ich mecht net so gerne aufm Friedhoff wohne.«

Und dann kam auch schon Lilly auf das Grundstück gefahren. Sie stieg aus und bemerkte, dass Rita bereits begonnen hatte, Sträucher zu pflanzen. Als sie dann ihre mitgebrachten Pflanzen auspackte, war sie ganz beglückt. Bei Kaffee und Kuchen verlebten sie einen schönen Sommernachmittag auf Sauschlägers Terrasse.

Am Abend tauchten Amadeus und Marie bei Lilly auf.

»Ist denn euer Russe immer noch verschwunden?«, fragte Lilly ihren Großneffen.

»Keine Spur von ihm. Es ist einfach furchtbar. Er geht das kleine Stück vom Büro zum Hotel und kommt nie an. Kommissar Schneider vermutet, dass er ermordet wurde. Bei einer Entführung hätten sich die Täter längst gemeldet.«

»Mein Gott, das ist ja furchtbar. Jahrzehntelang geschieht in der ganzen Gegend kein Mord, jedenfalls keiner, von dem man weiß. Und dann kommt alles auf einmal. Erst sitzt Frau Gutbrodt tot in meinem Garten. Dann erfahren wir, dass Georg deine Mutter umgebracht hat. Dann wird Marie entführt. Und jetzt ist auch noch euer Russe verschwunden.«

Vor nicht allzu langer Zeit wurde die Ehefrau von Amadeus´ Vater ermordet in Lillys Garten aufgefunden. Als Täter wurde der Mann überführt, den Amadeus einst für seinen Vater gehalten hatte: Georg Besserdich. Außerdem kam heraus, dass er auch seine Mutter vor mehr als zwanzig Jahren ermordet hatte. Sein Rachefeldzug sollte mit der Entführung und Verbrennung Maries auf dem Scheiterhaufen bei den Walpurgisfeierlichkeiten einen krönenden Abschluss finden. Dies konnte buchstäblich in letzter Sekunde verhindert werden. All diese Aufregungen hatten die Beteiligten inzwischen erstaunlich gut überstanden. Und nun verschwindet plötzlich der russiche Geschäftspartner Safin.

»Ich soll dich übrigens von Familie Sauschläger grüßen, Amadeus.«

»Ach, sag bloß. Wo hast du die denn getroffen?«

»Ich habe sie heute besucht, um meine Forschungen weiterzutreiben.«

»Könnte es sein, dass du die Sauschlägers ins Herz geschlossen hast?«

»Ich mag sie. Außerdem ist es sehr schön bei ihnen. Wenn das Grundstück erst mal richtig entrümpelt ist und überall Blumen und Sträucher gepflanzt sind, dann ist das eine der schönsten Idyllen im Oberharz. Rita hat inzwischen auch schon mit dem Pflanzen angefangen. Und ich habe ihr ein paar Sträucher mitgebracht.«

»Dein Geschmack hinsichtlich Menschen, liebe Tante Lilly, ist gelegentlich etwas gewöhnungsbedürftig. Aber letztendlich hast du einfach eine gute Menschenkenntnis.«

»Danke für das Kompliment. Schließlich mag ich ja auch dich. Nichts wäre schlimmer für mich als einen Allerweltsgeschmack zu haben. Leute, die so geradeheraus sind wie die Sauschlägers, sind mir lieber als solche, die ständig versuchen, einem Zucker in den Arsch zu blasen.«

»Na, die Gefahr besteht bei Hannes Sauschläger nun wirklich nicht. Und was seine Frau betrifft, die hat schon diverse Beleidigungsklagen hinter sich. Also, ich denke, da befindest du dich in guter Gesellschaft, Tante Lilly.«

»Höre ich da einen gewissen Sarkasmus heraus?«

Der Mann saß am Tisch und klimperte auf dem Laptop herum, den sein Bewacher ihm gebracht hatte. Dieser saß neben ihm und beäugte argwöhnisch jeden Buchstaben, den er eintippte. Mach bloß keinen Mist. Dir ist doch klar, wenn du versuchst, jemandem eine Nachricht zu schreiben... Ist mir klar, dann bin ich tot. Sehe ich wirklich so blöd aus? Meine einzige Chance, hier rauszukommen, bist du. So, dein Konto ist jetzt angelegt. Ich überweise jetzt eine Million. Vier Millionen überweise ich an dem Tag, an dem ich freikomme.

Er kam mit seinem Bewacher mittlerweile ganz gut zurecht. Irgendwie war er ihm fast sympathisch. Er besorgte ihm alles, was er zu essen und zu trinken haben wollte. Man konnte sich sogar ganz gut mit ihm unterhalten. Leider wusste er nichts über den Auftraggeber. Das war ihm sowieso klar. Na, wenn er wieder frei war, würde er es herausfinden.

- 16 -

Bei der Kripo in Goslar war man zwar froh, endlich den ominösen Krankenwagen zu haben, in dem die Opfer abtransportiert worden waren, aber nun kam man keinen Schritt mehr weiter. Ein Entführer hatte sich nicht gemeldet. Und ohne Leichen hatte man auch keinen Anhaltspunkt, um in Richtung Mord zu ermitteln. Also beschloss man, noch einmal ganz von vorne anzufangen und sich alle Leute vorzunehmen, die die Opfer an dem Tag ihres Verschwindens gesehen hatten. Gisela rief Amadeus Besserdich an, um einen Termin mit ihm zu vereinbaren. Er war gerade in Lautenthal und hatte keine Zeit zu kommen, weil er Besuch erwartete. Es war Freitag nachmittag, und Gisela war viel zu ungeduldig, um bis Montag zu warten. Also verabredete man, dass sie zum Haus von Lilly Höschen kommen sollte. Er musste sich halt einfach die Zeit nehmen. Denn das Verschwinden des russischen Geschäftspartners brachte ihn allmählich um den Verstand.

Als Gisela eintraf, hatten es sich Lilly, Amadeus, seine Frau Marie und der Besuch, nämlich Klaus Weniger aus Hannover, im Garten gemütlich gemacht. Man saß auf halber Höhe am Berghang.

»Na, so lass ich es mir gefallen. Und dann kommt die blöde Kripotante und stört diese herrliche Idylle«, sagte Gisela.

»Aber Mädchen, dafür können Sie doch nichts. Sie machen doch nur Ihre Arbeit«, entgegnete Lilly. »Setzen Sie sich. Oder wollen Sie mit Amadeus allein sein?«

»Nein, ich denke, das ist nicht nötig.«

Sie ging noch einmal den exakten Ablauf des Aufenthalts von Herrn Safin mit Amadeus durch. Sie beleuchtete die bekannten Hintergründe zur Person des Russen; aber es brachte nichts. Ziemlich resigniert ließ sie sich in dem bequemen Gartenstuhl zurücksinken und merkte, dass jemand sie die ganze Zeit über aufmerksam angesehen hatte: Klaus Weniger. Sie hatte ihn am letzten Silvesterabend in Lillys Haus kennengelernt, als sie etliche Stunden hier verbracht hatte auf der Jagd nach dem Mörder von Frau Gutbrodt, die in Lillys Garten gefunden worden war. Aber damals war ihr Klaus gar nicht so aufgefallen. Sie hatte wohl nicht bemerkt, dass er gut aussah, dass er nett war und unverhohlen Interesse an ihr zeigte. Nun sah sie ihm keck ins Gesicht und bemerkte:

»Mir scheint, das hier ist dein..., entschuldigung, Ihr zweites Zuhause.«

»Nichts mit Entschuldigung. Bleiben wir ruhig beim Du. Und zu deiner Frage: Ja, ich fühle mich hier wirklich wie zuhause. Es ist einfach herrlich hier, besonders, wenn man aus der Stadt kommt. Und außerdem sind das hier meine besten Freunde. Offenbar gehörst du ja mittlerweile auch schon fast zur Familie. Wozu doch Mord und Totschlag gut sein können. Auf diese Weise sehen wir uns endlich mal wieder. Schön wäre es natürlich, wenn wir uns mal sehen könnten ohne kriminalistischen Tatbestand.«

Nun war Klaus über sich selbst erstaunt, und Gisela hatte es fast die Sprache veschlagen. Mühsam gab sie zur Antwort:

»Warum nicht«, und hätte sich in diesem Moment am liebsten auf die Zunge gebissen.

Amadeus und Marie hörten der Konversation interessiert lächelnd zu, bis Lilly sagte:

»Marie, hast du einen Moment Zeit für mich? Und Amadeus, dich brauche ich auch mal kurz.« Die drei gingen den Hang Richtung Haus hinunter. Dort angekommen, sagte Lilly:

»Lassen wir die beiden Turteltauben doch ruhig mal einen Moment alleine. Mir scheint, da bahnt sich etwas an zwischen unserem lieben Klaus und der kleinen Kommissarin, die ich früher immer für stumm gehalten hatte.«

Als die drei nach einer Viertelstunde wiederkamen, waren Gisela und Klaus in einem leisen, fast vertraut scheinenden Gespräch vertieft und Amadeus platzte heraus:

»Na, ihr beiden, habt ihr nun endlich ein Date gemacht? Oder muss ich nachhelfen?«

»Das ist nicht nötig«, antwortete Klaus, »wir sind ja schon groß.«

Nun wuselte Amadeus mit den Getränken herum, die sie vom Haus mitgebracht hatten. Erst stieß er ein Glas um, dann ließ er eine Plastikflasche fallen, die den Hang hinunterollte, und Lilly sagte schließlich:

»Das erinnert mich an einen Spruch, den Rita Sauschläger gesagt hat: *Was de mit de Händ machst, das schmeißt de mitm Marsch wieder um.*«

Alle lachten; aber Gisela schoß etwas durch den Kopf: Sauschläger!

»Wer ist denn Rita Sauschläger?«

Lilly entgegnete: »Das ist ein Oberharzer Original, genau wie ihr Mann Hannes. Sie wohnen in Clausthal. Ich gebe zu, der Name ist vielleicht ein wenig außergewöhnlich. Aber er passt sehr gut zu diesen außergewöhnlichen Menschen. Wieso? Erinnert Sie der Name an jemanden?«

»Ja. Das ist ganz komisch. Ich hatte neulich zu tun mit einem ähnlichen Namen: Schweinehauer. Nur den Namen Schweinehauer gibt es gar nicht. Aber er bedeutet natürlich genau das gleiche wie Sauschläger.«

»Ja, Schweinehauer ist auch ein netter Name.«

»Fräulein Höschen, können Sie mir bitte sagen, wo ich diese Familie Sauschläger finde? Es ist zwar nur eine ganz vage Idee. Aber irgendwie habe ich im Gefühl, dass ich die Leute sehen muss.«

»Kein Problem. Ich denke, Sie werden die Leute mögen. Kommen Sie nicht auch aus dem Oberharz?«

»Na klar. Hört ma das net, was ich fürn Schmandrachen bin?«

- 17 -

Am Montag fand Hauptkommissar Schneider eine ziemlich versonnene Gisela an ihrem Schreibtisch vor. Er musste zweimal hinschauen, um zu glauben, was er sah. Ein zauberhaftes, bislang nie dagewesenes Lächeln hatte sich ihres Gesichts bemächtigt. Ihr Haar war sorgfältig frisiert, und sie trug eine leichte weiße Bluse. Irgendwie sah sie anders aus, wirkte auch anders. Man hätte es durchaus Liebenswürdigkeit nennen können, die den sonst eher polterigen Zügen den Rang streitig gemacht hatte.

»Ich würde heute gern nach Clausthal fahren, Schneiderlein.«

»Sagten Sie gerade Schneiderlein?«

»Oh, entschuldigung. Ich wollte Sie nicht herabwürdigen.«

»Nein, nein, ist schon in Ordnung. Ich überlege nur gerade, warum Sie heute so anders sind?«

»Ich bin wie immer. Also, ich würde heute gerne...«

»...nach Clausthal fahren«, ergänzte Gerald Schneider. »Und darf man auch erfahren, was Sie da wollen, außer vielleicht Ihrem Oberharzer Jargon zu frönen?«

»Man darf. Dort wohnt eine Familie Sauschläger. Vielleicht spinne ich ja. Aber als ich diesen Namen hörte, musste ich natürlich an Schweinehauer denken.«

»Sauschläger? Schweinehauer. Ja, das kann ich nachvollziehen. Die Leute, die dem Hamburger den Krankenwagen verkauft haben, sollen Schweinehauer geheißen haben. Das ist in der Tat interessant. Haben Sie etwas dagegen, wenn ich mich Ihnen anschließe?«

»Aber ganz im Gegenteil. Ich könnte mir kaum etwas Schöneres vorstellen, als mit Ihnen eine Harzpartie zu machen.«

»Oh, Gisela. Könnte es sein, dass Sie verliebt sind?«

»Ich?«

»Ja, ist denn sonst noch jemand hier?«

»Äh, ich verweigere die Aussage.«

Im Auto sagte Gisela kein Wort. Sie hing ihren Gedanken nach, und Schneider ließ sie in Ruhe. Sie dachte daran, was am Samstag nachmittag im Wald passiert war. Sie und Klaus hatten einfach unvermittelt angefangen, sich die Kleider vom Leib zu reißen wie in einem schlechten Film. In ihrer Wohnung ging es dann weiter bis Sonntag abend. Es war einfach unmöglich gewesen, sich in dieser Zeit mal länger als eine halbe Stunde nicht zu berühren. So etwas hätte sie sich in ihren kühnsten Träumen nicht vorstellen können. Und nun musste sie eine ganze Woche warten, bis sie Klaus wiedersah. Wie sollte sie das nur aushalten? Am Montag stand sie eine Stunde früher auf als sonst, beschäftigte sich ausgiebig mit ihrem Körper und ihrer Garderobe, frühstückte in Ruhe und ging in Vorfreude auf das nächste Wochenende zur Arbeit.

Nun wusste Gerald Schneider nicht, wo er hinfahren sollte. Da war nichts als Wald und Wiesen und ein kleiner Schotterweg.

»Gisela.«

Sie zuckte zusammen.

»Entschuldigung, ich wollte Sie nicht erschrecken und schon gar nicht aus Ihren Träumen reißen. Aber ich weiß nicht, wo ich jetzt hinfahren soll.«

Sie orientierte sich und war ganz erstaunt, dass sie schon am Ziel waren.

»Da rechts reinfahren. In hundert Metern sind wir am Ziel.«

Das Grundstück der Sauschlägers war eine echte

Überraschung für Schneider. Das hatte er nicht vermutet. Ein paar Bruchbuden, ein Haus mit großer Terrasse, das einigermaßen in Ordnung aussah, ein großer Schrotthaufen, aber auch schöne Beete mit Rosen und Sträuchern. Auf der Terrasse saß ein Mann und beäugte die Ankommenden.

Sie stiegen aus und gingen auf die Terrasse zu. Der Mann erhob sich im Zeitlupentempo und kam ihnen entgegen.

»Guten Tag«, sagte Gisela, »mein Name ist Berger und das ist mein Kollege Herr Schneider. Wir sind von der Kriminalpolizei.«

»Grimmenalbolesei? Ich ha kän abgemorkst.«

»Na, das will ich auch hoffen. Sind Sie Herr Hannes Sauschläger?«

»In Lämsgröße.«

»Wir haben mal ein paar Fragen.«

»Na und? Denn frach doch.«

»Kennen Sie den Namen Schweinehauer?«

»Ich glaub, jetz willste mich verarschen, Mädel. Ich heiß Sauschlächer. Mit annere Schweine ha ich nüscht zu tun.«

Jetzt meldete sich Schneider zu Wort:

»Gisela, ich weiß ja, dass es mir an Bildung mangelt. Ich glaube, ich muss Sie bitten zu übersetzen. Ich habe Schwierigkeiten mit der Ausprägung dieser Sprache.«

»Hahaha«, mischte sich Hannes ein, »ihr seid ma vielleicht n paar komische Vöchel. Kommt hierher und könnt noch net mal sprachen. Auf was für na Schul bistn du gegange? So än alberner Jockel.«

»Ich komme ganz aus dem Konzept. Lassen Sie mich erst mal, ich übersetze alles hinterher, was Sie nicht verstehen. Es ist ja nicht nur die Sprache, sondern auch die Mentalität, mit der Sie Schwierigkeiten haben.«

Und an Hannes gewandt:

»Also, Sie kennen den Namen Schweinehauer nicht?«

»Nä, mir haun käne Schweine und mir schlagn aach käne Säue. Mit heißn nur so: Sauschlächer.«

»Haben Sie hier auf dem Grundstück einen Krankenwagen gehabt?«

»Was isn nu los? Was soll ma denn hier mitm Kranknwaagn? Es is doch käner krank. Nun mach mich bloß net albern, Mädel.«

»Haben Sie in letzter Zeit einen Krankenwagen verkauft?«

Hannes wurde mit jedem Wort lauter:

»Ha! Seh ich aus wien Audovakäufer? Wo soll ich denn n Kranknwaagn her ham? Ich ha zwä Kneipen. Ich verkef was zu fressen. Wie komm ich denn dazu, Krankenwaagns zu verkefen? Haste se noch alle, du albernes Jettl?«

Jetzt reichte es Gisela, und sie verfiel ebenfalls in den Oberharzer Jargon:

»Jetzte halt mal de Luft an, du Schmandrachen. Ich frach höflich und sachlich, und du kannst gefällichst höflich und sachlich antwortn. Ich kann nämmlich aach annerschter.«

Damit hatte Hannes nicht gerechnet, und er wurde etwas kleinlauter:

»Is gut. Ich sach ja nur, dass ma hier nüscht von örgndweche Krankenwaagns wissen. Und das is alles.«

»Gut. Nächste Frage: Habt ihr Computer im Haus?«

»Hä? Was isn das nu wieder für ne Fraach? Na klar, unnere Kinner ham Gombuters. Die spieln n ganzn Tach damit rum. Ich ha kän Gombuter un meine Frau aach net.«

»Können wir uns die Computer mal ansehen?«

»Pffffff, von da meinswägn. Mir ham nüscht zu vasteckn.«

Hannes führte die beiden ins Haus. Außer ihm war niemand da. In zwei Kinderzimmern standen Laptops. Gisela stellte beide an. Was sie fand, war völlig unverfänglich. Und hier war auch nichts verschlüsselt.

»Mehr Computer gibt es nicht im Haus?«

»Nä«, war Hannes´ Antwort. Dass sein achtzehnjähriger Sohn Axel verreist war und seinen Laptop mitgenommen hatte, erwähnte er nicht.

»Wo ist Ihre Frau?«

»Die is heute mit de Kinner undawächs. Die wolln ja aach mal was von ihre Färjen ham.«

Wieder im Auto, sagte Gisela zu ihrem Chef:

»So ganz koscher kommt mir das alles nicht vor. Vielleicht sollten wir Herrn Lasche aus Hamburg herbestellen und ihn mit den Sauschlägers konfrontieren. Wenn wir Glück haben, sind sie es tatsächtlich, die ihm den Krankenwagen verkauft haben. Außerdem sollten wir die DNA der Sauschlägers ermitteln.«

»Aber Gisela, ehrlich gesagt kann ich mir nicht vorstellen, dass dieser komische Typ Krankenwagen verkauft.«

»Herr Lasche hat ja auch gesagt, dass die Frau wohl der Boss war. Und die haben wir leider nicht kennengelernt. Außerdem...man hat schon Pferde kotzen sehn.«

»Ja«, antwortete Schneider, »direkt vor der Apotheke.«

- 18 -

Als Hannes seiner Frau vom Besuch der Kripo berichtete, rastete sie aus. Nachdem sie sich wieder abgeregt hatte, sagte sie ganz sachlich:

»Wenn dar Wutti rauskricht, dass ma den Krankenwaagn net in dar Erd verprokelt ham, denn is was los. Mir müssn uns was ausdenken, wo der Waagn her is. Dar Wutti darf mit kän Wort erwähnt wern. Mir ham den Waagn gefunden und mitgenomme und verkauft. Das is alles. Und dabei bleim ma. Haste mich verstandn?«

»Aber...«

»Ob de mich vestandn hast?«

»Is ja gut, Mädel.«

Gisela bestellte Herrn Lasche aus Hamburg und die Sauschlägers für Mittwoch vormittag zu sich. Inzwischen hatte sie die finanziellen Verhältnisse der Sauschlägers eruiert. Allerdings konnte sie daraus nicht viel ableiten. Sie hatten vor einiger Zeit geerbt. Fast das ganze Geld hatten sie sich nach und nach in bar auszahlen lassen, insgesamt weit über zweihunderttausend Euro. Von Bankgeschäften hielten sie offenbar nichts. Es gab nur die üblichen Abbuchungen für Energie und Telefon. Einmal im Monat kam eine Überweisung von fünftausend Euro von den Restaurants, die Hannes Sauschläger besaß, und das Kindergeld. Und immer wurde fast alles abgehoben. Geldsorgen hatte die Familie sicherlich nicht. Einmal war das Konto gesperrt gewesen wegen Steuerschulden. Diese wurden in bar beim Finanzamt bezahlt: achtzigtausend Euro. Laut Auskunft des Finanzamts war Frau Sauschläger dort mit einem dicken Packen Geld aufgetaucht und wollte die Schulden tilgen. Als der Beamte sich zunächst weigerte, soviel Bargeld anzunehmen, wurde Frau Sauschläger ausfallend: *Wenn ihr Aaschlöcher uns es Konto sperrt, denn könne ma aach nüscht überweisen, du dämlicher Hund.* Der Beamte holte seinen Vorgesetzten, der den Betrag schließlich annahm. Auf eine Anzeige wegen Beleidigung wurde verzichtet; der Spaßfaktor wog die Verunglimpfung bei weitem auf. Wann hatte man im Finanzamt schon mal solch einen spektakulären Fall?

Dass die Sauschlägers irgendwelche krummen Geschäfte machten, um an Geld zu kommen, war kaum denkbar. Sie hatten es schlichtweg nicht nötig. Im übrigen war Hannes Sauschläger nicht vorbestraft. Rita Sauschläger war ein paar Mal vor dem Schiedsgericht erschienen wegen Beleidigung. Und dreimal stand sie wegen solcher Delikte vor Gericht, weil man sich vor dem Schiedsmann nicht hatte einigen können. Es war jeweils eine Geldstrafe verhängt worden. Na, auf die Type bin ich mal gespannt, lächelte Gisela voller Vorfreude in sich hinein.

Heute hatte er einen Koller. Diese miese kleine Bude ging ihm auf die Nerven. Der Mann hatte ihm zwar alles gebracht, um es etwas wohnlicher zu machen. Zweifellos gab es schlimmere Gefängnisse. Aber er wollte endlich mal wieder frische Luft schnuppern. Und er brauchte Ablenkung. Wenn er wenigstens den Computer bei sich haben könnte. Aber den durfte er nur benutzen, wenn der Kerl neben ihm saß. Natürlich hatte dieser Angst, dass er Kontakt aufnahm. Wer, um alles in der Welt, hat mir das angetan? Wenn er hierauf die Antwort wüsste, könnte er wenigstens schon mal Rachepläne schmieden.

»Das sind sie, ganz eindeutig«, sagte Herr Lasche, als er die Sauschlägers durch die Scheibe sah.

Das Ehepaar Sauschläger saß im Vernehmungsraum Gisela Berger und ihrem Chef Gerald Schneider gegenüber. Rita Sauschläger trug peppige Designerjeans und ein weißes Seidentop. Ihr Mann war angezogen wie Johnny Cash: schwarze Jeans und dazu ein passendes Cowboyhemd. Ganz entspannt blickten sie die Kriminalbeamten an. Ebenso entspannt legte Gisela los:

»So, meine Herrschaften, ein gewisser Herr Lasche aus Hamburg hat bestätigt, dass Sie ihm einen Krankenwagen verkauft haben. Und zwar war das am...«

»Is gut, das bestreitn ma aach gar net. Mir ham dem Kerrel den Waagn verkauft und damit basta«, fiel Rita ihr ins Wort.

»Na, das ist ja interessant. Als ich vorgestern Ihren Mann gefragt habe...«

»Wenn der Kerrel es Maul aufmacht, kommt sowieso nur Scheiße raus. Ich hab gesaacht, dass ma den Waagn verkauft ham und nu is gut.«

»Stimmt das, Herr Sauschläger?«

»Wenn es Rita das saacht, denn wörds woll stimme.«

»Und warum haben Sie mich vorgestern angelogen?«

»Warum, warum? Warum is de Banane krumm?«

»Gut, lassen wir das. Sie haben mich also belogen. Und jetzt sagen Sie die Wahrheit. Dann sagen Sie mir doch bitte auch, wo Sie den Krankenwagen her haben?«

Hannes antwortete ganz gelassen:

»Den ham ma gefunden.«

Die Antwort kam so unverhofft, dass Gisela sich nicht beherrschen konnte. Sie hatte mit Ausreden gerechnet, mit abenteuerlichen Lügen, vielleicht auch mit Schweigen. Aber dass man einen Krankenwagen *findet* und ihn dann mitnimmt, war zu viel. Ihr Zwerchfell zog sich zusammen, ihr Atem versagte und es dauerte einige Zeit, bis sie in ein befreiendes Gelächter ausbrach. Sie schlug vor Wonne auf den Tisch und konnte sich gar nicht mehr beruhigen. Schneider sah sie angstvoll an und Rita Sauschläger meinte zu ihrem Mann:

»Nun kuck sich doch äner dis alberne Jettl an.«

Nachdem Gisela sich halbwegs beruhigt hatte, fragte Schneider:

»Wo, um Himmels Willen, findet man denn einen Krankenwagen?«

Jetzt übernahm Rita das Antworten: »Im Wald.«

»Aber, Frau Sauschläger, im Wald findet man Pilze oder Beeren. Ich habe jedenfalls noch nie einen Krankenwagen im Wald gefunden. Und selbst wenn, dann würde ich das der Polizei melden. Aber man nimmt doch nicht einfach solch ein Fahrzeug mit.«

»Mir schon.«

Gisela gluckste immer noch vor sich hin.

»Und steckte der Schlüssel im Zündschloss?«

»Der Schlüssel hat gesteckt und dar Fahrzeuchbrief lach im Handschuhfach. Mir ham den Waagn ja aach net gleich mitgenomme. Örscht, als er drei Taach da gestanden hat, da ham ma uns gedacht, wenn den käner will, denn näme mir ne.«

Wieder kam ein kreischendes Lachen von Gisela, und Schneider sah sie ärgerlich an.

»Wo genau haben Sie denn den Wagen gefunden?«

»Bei uns schräch gänüber von dar Einfahrt, hinterm Gestrüpp versteckt.«

»Aha. Und wo haben Sie den Wagen dann hingebracht?«

»Nach uns aufm Grundstück.«

»Und dann sind Sie auf die Idee gekommen, ihn zu verkaufen?«

»So isses.«

»Und wie sind Sie an den Käufer Herrn Lasche gekommen?«

»Dorchm Indanet.«

Das Verhör zog sich fast über zwei Stunden hin. Als Schneider sie dann damit konfrontierte, dass der Krankenwagen in Zusammenhang mit Entführungen oder Morden stand, sagte Rita nur ganz trocken:

»Mir ermordn käne Leut.«

Und als Gisela sagte, dass sie auf den Computern im Hause Sauschläger keine Emails an Herrn Lasche gefunden hatte, antwortete Rita, dass die ja vom Computer ihres ältesten Sohnes geschickt worden waren. Der hätte seinen Computer mit in den Urlaub genommen und dort sei dieser gestohlen worden. Sie beschloss ihre Ausführungen mit einem lauten *Basta*.

Man hatte nichts Greifbares gegen die Sauschlägers in der Hand. Man konnte sie noch nicht mal wegen Autodiebstahls belangen, denn der Wagen war ja gar nicht als gestohlen gemeldet worden. Auch der Tatbestand der Fundunterschlagung war abwegig. Wer verliert denn einen Krankenwagen? Im Grunde konnte man den Sauschlägers gar nichts. Wenn es wirklich so gewesen war, wie sie es ausgesagt hatten, dann bewegte man sich sicherlich in irgendeiner ominösen Grauzone. Aber was wollte man ihnen vorwerfen? Es gab keinen Geschädigten. Und es erschien mehr als unwahrscheinlich, dass sie sich mit der Mafia eingelassen hatten, um einen gut bewachten, wenn auch nicht gut genug bewachten, russischen Milliardär zu entführen oder zu ermorden. Für solche Dienstleistungen hatte die Mafia, ob nun die russische, die ukrainische, die italienische oder welche auch immer, geeignetere Leute als die Sauschlägers aus dem Oberharz. Nach Rücksprache mit dem Polizeidirektor und dem Staatsanwalt beschlossen Kommissar Schneider und Gisela schließlich, die beiden laufen zu lassen. Natürlich würde Gisela sich weiter mit ihnen beschäftigen müssen. Aber ob sie dieses seltsame Paar aus den Oberharzer Bergen zur Aufklärung des Verbrechens an Herrn Safin führen würde, war mehr als fraglich.

Bis Freitag war man keinen Schritt weitergekommen. Alles, was man wusste, war, dass der Bochumer Rettungsdienst einen Krankenwagen an jedemanden verkauft hatte, den es offiziell nicht gab. Dieser Käufer hatte den Wagen vermutlich für ein Verbrechen eingesetzt und dann abgestellt. Die findigen Sauschlägers hatten sich das Auto in ihrer naiven Geschäftstüchtigkeit unter den Nagel gerissen und weiterverkauft. Das war´s. Aber der sonst so ungeduldigen Gisela war das im Moment egal. Sie fieberte dem Wochenende entgegen. Sie würde Klaus wiedersehen. Es war ihr selbst schleierhaft, wie sie sich in diesem Tempo derart heftig verlieben konnte. Bevor sie aufbrach, schaute sie noch mal kurz ins Internet, tippte *Vladimir Schindler* ein und fand unter *News* die Mitteilung, dass dieser eine Verfügung von Alexander Safin vorgelegt hatte, derzufolge er in Abwesenheit seines Chefs Generalvollmacht für all seine Unternehmen hatte. Das ist ja interessant, dachte Gisela. Aber nicht mehr heute. Mit dem Typen beschäftige ich mich am Montag. Jetzt fahre ich erst mal zu Klaus, und alle anderen können mir den Buckel runterrutschen.

- 20 -

Gisela kam am Montag völlig ausgelaugt, aber zufrieden, ins Büro. Ein so intensives Wochenende hatte sie noch nicht erlebt. Ihre Kollegen hatten den Eindruck, als ob sie schwebte. Man schaute sich an, schüttelte mit dem Kopf und fragte sich, was um Himmels Willen mit diesem sonst so schroffen Mädchen los war. Sie gab kaum mal eine patzige Antwort, war liebenswürdig, bot jedem, der in ihr Zimmer kam, Kaffee an.

»Was haben Sie denn mit Gisela gemacht?«, fragte jemand Kommissar Schneider.

»Ich habe gar nichts mit ihr gemacht. Dafür ist sicherlich ein anderer zuständig. Wenn Sie die alte Gisela zurück haben wollen, müssen Sie nur auf den ersten Beziehungsstress warten.«

»Um Gottes Willen. Ich hoffe, dass ich dann nicht da bin.«

Gisela setzte sich an den Computer und machte da weiter, wo sie am Freitg aufgehört hatte. Sie wollte wissen, was in Safins Zentrale in London los war. Deshalb musste sich sich mit seinem Stellvertreter oder Nachfolger, diesem freundlichen Herrn Vladimir Schindler, beschäftigen. Sie fand auch sofort einige aktuelle Meldungen: Safin-Gruppe verkauft Anteile im großen Stil, Vladimir Schindler räumt auf, Safin-Gruppe engagiert sich in Kanada und so weiter. Dieser Hund, dachte Gisela. Er nutzt die Abwesenheit seines Chefs, um alles auf den Kopf zu stellen. Ob er das auch wagen würde, wenn er wüsste, dass sein Boss irgendwann zurückkommt? Irgendwas ist faul an diesem Kerl. Schließlich ging sie zu Schneider und berichtete ihm über die Vorgänge.

»Das ist alles sehr interessant, Gisela. Aber ich sehe

leider nicht, was wir von hier aus ermittlungstechnisch tun können. Das ist erstens eine Nummer zu groß für uns. Und zweitens sind wir nicht in England. Wir können das LKA informieren, und die können dann mal bei Interpol anklopfen, dass man Herrn Schindler etwas unter die Lupe nimmt. Es liegt ja durchaus im Bereich des Möglichen, dass er sich seines Chefs entledigt hat. Aber wenn wir hier in Deutschland nichts Greifbares haben, können wir schlecht gegen ihn ermitteln.«

»Das ist mir klar. Ich denke noch mal drüber nach. Vielleicht frage ich auch noch mal Amadeus Besserdich und Herrn Wiebe, was sie über ihn wissen.«

Als Gisela das Haus von Beermann Consult betrat, wurde ihr gesagt, dass Herr Wiebe verreist sei. Aber Herr Besserdich habe heute sein Büro dort bezogen. Die freundliche Sekretärin brachte sie zu ihm. Ein strahlender Amadeus begrüßte sie in seinem neuen Arbeitszimmer.

»Vorsicht, Stufe«, sagte Amadeus.

»Ich bin ja nicht blind.«

»Das dachte ich von mir auch. Aber als ich das erste Mal dieses Zimmer betrat, habe ich mich lang hingelegt und dabei dem alten Herrn Beermann ein Tablett auf den Kopf gehauen.«

»Ich hätte was dafür gegeben, das zu sehen.«

»Na, hattest du viel Spaß bei meinem Freund Klaus?«

»Du brauchst gar nicht so hämisch zu grinsen. Wahrscheinlich hast du schon über die Buschtrommeln gehört, dass wir ein schönes Wochenende hatten.«

»Natürlich. Und ich gönne es ihm. Und dir natürlich auch.«

»Das ist scheißfreundlich von dir. Aber warum ich hier bin: Was kannst du mir über Vladimir Schindler sagen?

Was weißt du über ihn?«

»Sicherlich nicht mehr als du selbst weißt. Er war doch neulich bei euch.«

»Jaja, aber ich bin vor allem daran interessiert, was sich seit dem Verschwinden von Safin getan hat. Im Internet liest man, dass er sehr aktiv in die Leitung der Safin-Gruppe eingestiegen ist.«

»Das Gefühl habe ich auch. Ich habe gerade eine Email von ihm bekommen, das heißt, eigentlich ist sie an Manfred Wiebe gerichtet, aber der ist ja nicht da. Moment, ich lese sie dir vor: *Hallo Herr Wiebe, ich möchte mich noch intensiver über die Möglichkeiten der Beteiligung in Kanada informieren. Wenn es Ihnen passt, komme ich nächste Woche Mittwoch nach Goslar.* Manfred wird den Termin bestimmt bestätigen.«

»Das ist wirklich interessant. Mir kommt der Typ nicht ganz koscher vor. Bitte informiere mich genau über jedes Detail, was ihr am Mittwoch besprecht. Sollte es so sein, dass er in seine eigene Tasche wirtschaftet, läge die Vermutung nahe, dass er über Safins Verschwinden zumindest nicht gerade traurig ist.«

»Mein Gott, daran habe ich noch gar nicht gedacht.«

»Dafür hast du ja auch mich.«

- 21 -

Ivan hatte eine seiner engsten Mitarbeiterinnen, Ludmilla Schulz, zu sich nach Erfurt bestellt. Der schick gekleideten Managerin sah man nicht an, dass sie bereits auf die fünfzig zuging. Ivan, ein langer, schlanker Typ von Anfang sechzig mit kurzem grauem Haar, hatte die Gesichtszüge eines Raubvogels und braune Falkenaugen. Er hüllte sich in legere, teure Anzüge und wirkte eher jugendlich. Über die Hälfte seines Lebens hatte er in Deutschland verbracht, zunächst in der DDR als Offizier der Sowjetarmee und danach als Geschäftsmann. Nach der Wende hatte er eine deutsche Frau geheiratet, die inzwischen verstorben war. Er hatte die deutsche Staatsangehörigkeit.

Mit großer Höflichkeit, ja Liebenswürdigkeit, bot er Ludmilla Platz in der bequemen Sitzecke seines großen Büros an. Ohne zu fragen, bediente er die Kaffeemaschine und stellte ihr dann einen Cappucino auf den Tisch. Obwohl beide besser russich sprachen, unterhielt man sich auf deutsch, Ludmilla mit einem netten slawischen Akzent; bei Ivan konnte man nur erahnen, dass Deutsch nicht seine Muttersprache war. In dieser Hinsicht, und nicht nur in dieser, war er sicherlich ein Naturtalent.

»Schön, dass du da bist, Ludmilla. Ich habe dich heute hergebeten, weil ich deinen Rat brauche.«

»Ich fühle mich geschmeichelt.«

»Du weißt, dass unser neuer Geschäftszweig auf absolutem Vertrauen zu unseren Kunden basiert. Als mich dieser Mensch aus London beauftragte, den Genossen Safin zu beseitigen, habe ich ihm ein seriöses Angebot gemacht, dass er angenommen hat. Der Auftrag wurde erledigt. Er hat bekommen, was er wollte, und wir haben hervorragend verdient. Die Polizei in der Provinz sucht vergeblich nach dem Verbleib des Mannes, und das Risiko, dass wir in Schwierigkeiten geraten könnten, geht gegen Null.«

»So ist es, Ivan.«

»Es ist ein sehr kurioser Fall eingetreten. Man will uns den Auftrag erteilen, nunmehr diesen Auftraggeber, Vladimir Schindler, zu beseitigen.«

Ludmilla vergrub ihr Gesicht in den Händen und fing an zu lachen.

»Ist das herrlich! Dieser Idiot zahlt ein Vermögen, um seinen Chef loszuwerden, und dann kommt einer und will ihn loswerden. Wenn das so weitergeht, haben wir zu tun bis zu unserer Pensionierung.«

Ivan rang sich ein kleines Lächeln ab.

»Du meinst also, wir brauchen keine Skrupel zu haben, einen ehemaligen Kunden...«

»Wir leben nicht von ehemaligen, sondern von neuen Kunden, Ivan. Du hast den Auftrag des Kunden erledigt und Schluss. Aber er bezahlt dich nicht dafür, ihn zu beschützen. Wenn ihn also jemand auf der Liste hat, dann ist das sein Problem. Und wenn wir den Auftrag bekommen, umso besser. Warum sollen wir zusehen, wie andere diesen lukrativen Auftrag erledigen? Übrigens, wieviel springt dabei heraus?«

»Genauso viel wie letztes Mal.«

»Lieber Ivan, was ich an dir besonders bewundere, ist deine Schauspielkunst. Du hast doch nicht wirklich Skrupel. Bei diesem Betrag hast du längst beschlossen, das Geschäft zu machen.«

»Ludmilla, du kennst mich besser als ich mich selbst.«

»Die Frage ist nur, wo es gemacht werden soll. In London kommt man sicherlich schwer an ihn ran. Wenn er nach Deutschland kommt, ist er nicht so gut bewacht.«

»Ludmilla, kundschafte doch einfach aus, wann mit seinem nächsten Deutschlandbesuch zu rechnen ist. Und dann kannst du auch Vorbereitungen treffen, wann, wo und bei welcher Gelegenheit die Sache stattfinden soll und die richtigen Leute dafür engagieren.«

»Das heißt, du überlässt mir die ganze Aktion? Das ist aber eine große Ehre.«

»Wem soll ich die Aktion sonst übertragen? Habe ich eine klügere Mitarbeiterin als dich?«

»Klug, ja. Ich bin klug wie Biene, kann bloß noch nicht scheißen Honig.«

- 22 -

Vladimir Schindler saß im Firmenjet, der ihn von London nach Hannover bringen sollte. Zum ersten Mal in seinem Leben war er rundherum zufrieden. Er hatte keinen Boss mehr, der ihn dirigieren konnte. Er allein hatte jetzt das Sagen. Und als Erstes hatte er in den vergangenen Wochen Schritte eingeleitet, die das Unternehmen in die Richtung brachten, die er für gut hielt und die seinen persönlichen Interessen entsprachen. Die gestiegene Verantwortung, die er nun hatte, versüßte er sich mit einem Millionengehalt. Und für die Leistungen der vergangenen Jahre zahlte er sich einen Bonus in zweistelliger Millionenhöhe. Dieses Geld würde er bei Beermann Consult anlegen. Dann hatte er für den Rest seines Lebens ausgesorgt. Er freute sich, wieder mal nach Deutschland zu kommen. Und dies nicht nur, weil er einen deutschen Pass hatte, der ihm aufgrund seiner Herkunft zustand. Wer hätte gedacht, dass der Junge aus einem ukrainischen Dorf eines Tages mit dem Firmenjet in der Welt herumfliegen würde, um Millionen von Euro seines Privatvermögens gewinnbringend anzulegen? Vladimir freute sich auf Goslar. Vielleicht würde er sogar noch ein oder zwei Tage dranhängen und sich den Harz ansehen.

Hauptkommissar Schneider hatte Vladimir Schindler gebeten, noch einmal zu einem Gespräch zu kommen. Nun saß er zusammen mit diesem und Gisela im Besprechungszimmer.

»Herr Schindler, leider sind wir noch nicht weitergekommen, was das Verschwinden von Herrn Safin angeht. Welche Auswirkungen hat das eigentlich auf Herrn Safins Unternehmungen? Ich meine, es müssen ja Entscheidungen getroffen werden, die normalerweise nur er treffen kann.«

»Dieses Problem ist zum Glück erledigt. Alexander hatte ein Dokument beim Notar hinterlegt, dass mir die Generalvollmacht gibt, wenn er durch Tod, Krankheit oder sonstige Umstände nicht in der Lage ist, die Geschäfte zu führen.«

»Aber Sie wussten doch von der Existenz dieses Dokuments?«, fragte Gisela.

»Er hatte mal so etwas erwähnt. Aber ich habe dieses Dokument nie gesehen.«

»Also sind Sie jetzt am Ruder?«

»So kann man das sehen.«

»Und wenn Herr Safin nicht wieder auftaucht, dann bleiben Sie auch am Ruder. Denn es kann ihn ja niemand beerben, bevor er nicht für tot erklärt ist. Und das kann sich über Jahre hinziehen.«

»Ja, das ist wohl so.«

»Wie ich gehört habe, krempeln Sie den Laden ja ziemlich um. Glauben Sie, dass das alles so im Sinne von Herrn Safin ist?«

»Darauf kann ich keine Rücksicht nehmen. Ich muss das tun, was ich für das Unternehmen für gut und richtig halte. Ich bin nun mal nicht Alexander Safin, sondern Vladimir Schindler.«

»Das verstehe ich. Aber war es wirklich nötig, Ihr Einkommen innerhalb eines so kurzen Zeitraumes zu vervielfachen? Das könnte so aussehen, als ob Sie gar nicht mehr damit rechnen, dass Herr Safin wiederkommt.«

»Das ist mir, ehrlich gesagt, ziemlich egal. Leute in meiner Position verdienen nunmal so viel.«

Gisela verzog den Mund, und ihr Chef setzte die Befragung fort: »Aber Sie verstehen sicherlich, dass Sie sich damit durchaus verdächtig machen? Denn wenn man sich die

Frage stellt, wer vom Verschwinden Safins profitiert, dann fällt einem zuerst der Name Vladimir Schindler ein.«

»Natürlich verstehe ich das, Herr Kommissar. Aber wenn Sie mal dahinterschauen, was in der internationalen Wirtschaft los ist, insbesondere wenn Sie sich mit Russland und den alten GUS-Staaten beschäftigen, dann wissen Sie auch, dass jemand wie ich gar keine Rolle spielt. Hier geht es um ganz andere Größenordnungen als um das Einkommen eines Generalbevollmächtigten. Hier geht es um wirtschaftliche und politische Macht.«

»Das hört sich sehr nach Verschwörungstheorie an. Ich habe es lieber eine Nummer kleiner. Ein großer finanzieller Vorteil, also die eine oder andere Million, ist auch ein gutes Tatmotiv. Es werden Menschen für weitaus weniger umgebracht.«

»Ich verstehe Sie durchaus. Aber was werfen Sie mir vor? Oder was haben Sie gegen mich in der Hand?«

»Bis jetzt noch nichts. Ich bitte nur um Verständnis, dass wir uns natürlich auch über Sie Gedanken machen. Und je mehr Informationen Sie uns geben, desto besser. Ansonsten wünsche ich Ihnen noch einen schönen Aufenthalt in Goslar. Und wann immer Ihnen noch etwas einfällt, bitte ich Sie um Kontaktaufnahme.«

Man verabschiedete sich brav und freundlich. Aber Vladimir Schindler hatte doch ein ungutes Gefühl, wie offen die Kriminalpolizei über ihn als Täter nachdachte.

Nun machte er sich auf den Weg zu Beermann Consult, wo er schon erwartet wurde. Manfred Wiebe und Amadeus Besserdich begrüßten ihn freundlich. In seinem Gespräch mit den beiden sagte er ganz offen, dass er gern zehn Millionen Euro Privatvermögen und weitere hundert Millionen für das Unternehmen anlegen würde.

»Herr Schindler, das tut mir leid«, entgegnete Manfred.

»Aber in diesem Projekt sind insgesamt nur noch knapp hundert Millionen frei. Und der Punkt ist, das ein japanischer Anleger schon vorher sein Interesse bekundet hat. Er ist auch gerade hier in Goslar. Wenn Sie heute Abend Zeit haben, können wir alle zusammen essen gehen. Ich schlage vor, dass wir den Rest des Kuchens aufteilen, jeder von Ihnen etwa fünfzig Millionen. Wenn Sie mehr anlegen wollen, so haben wir natürlich auch wieder neue Projekte.«

»Das ist schade. Mir ging es speziell um dieses Projekt. Herr Safin hatte hier ja schon investiert. Und das hat er nicht ohne Grund getan.«

Am Abend trafen sich Manfred und Amadeus mit Schindler und dem japanischen Investor, Herrn Kawabata, zum Essen. Der Japaner war ein ziemlich steifer Kerl. Er mochte vielleicht Mitte fünfzig sein und sprach deutsch, weil er an der TU im Nachbarort Clausthal studiert hatte. Vladimir musste irgend einen Dreh finden, um den Typen auszubooten. Nach dem Essen lud er alle zu einer Runde Wodka ein. Und dann zu einer weiteren. Herr Kawabata wollte sich nicht lumpen lassen und lud zu Champagner ein. Schließlich erwies es sich als wahr, dass Japaner nicht viel Alkohol vertragen. Herr Kawabata wurde zunehmend leutselig, versuchte aber, die Etikette unbedingt zu wahren. Als Amadeus und Manfred mal kurz rausgingen, goss Vladimir aus der Wodkaflasche, die er inzwischen bestellt hatte, nach. Nachdem Herr Kawabata ausgetrunken hatte, fragte Vladimir wie selbstverständlich:

»Habt ihr Japaner eigentlich nur kleine Schwänze? Oder habt ihr auch kleine Eier?«

Der Gesichtsausdruck von Herrn Kawabata nahm Züge an, als ob er im Begriff war, Harakiri zu begehen.

»Du veldammte Lusse!«, brüllte er, stand auf und zog sich die Hose runter. Herr Kawabata gehörte zu den Japanern, die ein richtiges R sprechen konnten. Aber in diesem Zustand war das nicht mehr möglich. Die wenigen Gäste, die Einblick in diesen abgeschirmten Bereich des Restaurants hatten, schauten entsetzt. Da kamen Manfred und Amadeus wieder und wussten angesichts dieses Schauspiels gar nicht, wie sie sich verhalten sollten. Herr Kawabata zog sich fluchend die Hose wieder hoch, während Vladimir Schindler genüsslich an seinem Wodka nippte. Japanische Verwünschungen stammelnd, verlies Herr Kawabata das Restaurant, während Manfred und Amadeus Herrn Schindler fragend ansahen.

»Was, um Himmles Willen, ist denn mit dem los?«, fragte Manfred.

Ganz unschuldig gab Schindler zur Antwort: »Nun, ich denke, die Japaner vertragen wirklich nicht sehr viel. Ich hätte keinen Wodka bestellen sollen.«

Als Schindler am nächsten Morgen zu Beermann Consult kam, um das Geschäft perfekt zu machen, sagte Manfred, dass Herr Kawabata angerufen und das Geschäft gecancelt hatte.

»Aber das ist doch kein Beinbruch«, meinte Schindler. »Ich springe gern ein. Ich wollte ja ohnehin mehr anlegen.«

Unter vier Augen fragte Amadeus dann noch einmal nach: »Vladimir, jetzt tun Sie mir bitte einen Gefallen und erzählen mir, was Sie mit Herrn Kawabata gemacht haben. Bestimmt kann ich noch was von Ihnen lernen.«

»Ach, mein Gott, ich habe ihn nur auf die kleinen Schwänze der Japaner angesprochen. Dass so ein gewitzter Geschäftsmann darauf derart empfindlich reagieren würde, hätte ich gar nicht zu hoffen gewagt.«

»Sie kennen sich wirklich aus. Darauf muss erst mal einer kommen. Etwas ganz anderes: Wie sehen Ihre Pläne aus? Wollen Sie schon wieder nach London zurück? Oder bleiben sie noch etwas, damit ich Ihnen die Gegend zeigen kann?«

Schindler hatte gute Laune, weil es ihm durch dass Ausbooten des Japaners gelungen war, sein Geschäft so wie geplant durchzuziehen.

»Wenn ich Ihnen nicht lästig bin, bleibe ich noch einen Tag. Ich würde mich gern etwas bewegen. Eine schöne Wanderung in der Natur wäre genau das Richtige. Stadtmief habe ich jeden Tag.«

»Ich habe da eine Idee! Haben Sie Wanderschuhe mitgebracht?«

Der Chauffeur hatte Amadeus und Vladimir in Treseburg abgesetzt und sollte sie in Thale wieder abholen. Den Bodyguard wollte Vladimir bei der Wanderung nicht dabei haben. Also fuhr dieser mit nach Thale. Der Weg, den die beiden Männer nahmen, war spektakulär. Sie wanderten auf dem Hexenstieg, unter ihnen in der Schlucht bahnte sich die Bode ihren Weg. Gegenüber erhoben sich steile Berge mit spärlicher Bewaldung. Da es morgens noch geregnet hatte, waren nicht viele Menschen unterwegs.

»Das ist Romantik pur«, sagte Vladimir, als sie eine Pause einlegten und versonnen auf die gegenüberliegende Seite der Schlucht schauten.«

Als ein Mann in normalen Straßenschuhen ihren Weg kreuzte, der ihnen freundlich zunickte, so wie Wanderer das oft zu tun pflegen, sagte Amadeus:

»Na, ich hoffe, dass der Typ nicht ausrutscht und in den Fluss fällt.«

Und Vladimir entgegnete:

»Kommt mir komisch vor, dass man solch eine Wanderung macht und sich anzieht, als ob man ins Büro geht.«

Gemächlich setzten die beiden ihren Weg fort. Als sie kurz vor dem Parkplatz in Thale waren, hatte sich der Himmel wieder zugezogen. In dem ohnehin schattigen Wald war es recht düster, und man traf kaum noch auf Wanderer. In dem einzigen Ausflugslokal, das auf dem Weg lag, kurz vor Thale, tranken sie eine Tasse Kaffee und aßen ein Stück Kuchen. Zehn Minuten von hier würde der Chauffeur auf sie warten. Sie machten sich auf den Weg. Ein Stück weiter war eine kleine Menschenansammlung am Fluss zu sehen, bestehend aus Polizisten, Leuten in weißen Overalls und einigen Wanderern, die von Kriminalpolizisten befragt wurden. Als Amadeus und Vladimir dazustießen – einen Weg zum Ausweichen gab es ja nicht, kam ein Mann auf sie zu, der sich als Kripobeamter vorstellte.

»Wir haben hier einen toten Mann im Wasser gefunden, der eine Schusswunde aufweist. Würden Sie sich den Mann bitte ansehen? Wir möchten wissen, ob Sie ihn auf Ihrer Wanderung gesehen haben.«

Amadeus und Vladimir wurden zu der Leiche geführt, die sich bereits in einem offenen Sarg befand. Unwillkürlich sahen sich die beiden Männer an und nickten, und Amadeus sagte:

»Aber das ist doch der Mann, der uns vor einer Stunde auf dem Weg überholt hat. Wir haben noch darüber gesprochen, wie unpassend er angezogen sei für solch eine Tour.«

In einem Polizeiwagen gaben Amadeus und Vladimir ihre Aussage zu Protokoll und zeigten ihre Ausweise. Der Polizist bedankte sich und sie gingen zum Parkplatz, wo Chauffeur und Bodyguard sie erwarteten. Dabei fiel

Amadeus der Blick auf, den Vladimir seinem Bodyguard zuwarf.

»Schade, dass dieser schöne Tag so zu Ende geht«, sagte Amadeus.

»Da kann man nichts machen. Ich bin auch noch ganz mitgenommen. Ich denke, wir setzen Sie jetzt zu Hause ab. Dann mach ich mich schnell im Hotel frisch und sehe zu, dass ich heute noch nach London komme. Das Geschäftliche haben wir ja unter Dach und Fach. Und privat sollten wir uns mal in London treffen. Sie sind jedenfalls herzlich eingeladen.«

War das ein scheiß Tag, dachte Amadeus, als er bei seiner Frau zu Hause war. Nachdem er ihr alles berichtet hatte, zog Marie die Stirn kraus und sagte:

»Bist du eigentlich gar nicht auf die Idee gekommen, dass der Mord an dem Mann in Zusammenhang mit dem Verschwinden von Alexander Safin stehen könnte?«

»Mein Gott, Marie! Das ist mir auch schon im Hinterkopf herumgespukt. Aber ich habe es nicht zu denken gewagt. Es ist schon komisch. Safin kommt nach Goslar und verschwindet spurlos. Dann kommt sein Nachfolger und wir stolpern fast über eine Leiche. Was mir so komisch vorgekommen ist, sind die Blicke, die Vladimir mit seinem Bodyguard getauscht hat. Die beiden haben kein Wort miteinander gesprochen. Das heißt, der Bodyguard wusste theoretisch gar nichts von dem Toten. Aber wie sie sich angesehen haben, das gibt mir jetzt das Gefühl, als ob der Bodyguard es sehr wohl wusste. Und vielleicht nicht nur wusste, sondern möglicherweise hat er mit der Sache sogar etwas zu tun. Natürlich ist das Spekulation, aber..., ach Scheiße.«

»Amadeus, du musst zu Kommissar Schneider gehen. Oder ruf Gisela an. Seitdem sie mit Klaus zusammen ist, gehört sie ja fast zur Familie.«

»Natürlich, es ist ja immer gut, eine Kriminalbeamtin in der Familie zu haben. Soviel, wie wir mit Mord und Totschlag zu tun haben, da kommt man ohne eine eigene Kriminalkommissarin gar nicht mehr aus.«

Marie legte die Arme um ihren Mann und sagte:

»Mein armer Amadeus.«

\- 23 -

Nachdem Amadeus seine Kanzlei in Clausthal aufgegeben hatte, waren er und Marie nach Goslar gezogen. Sie hatten eine große Wohnung in einem sanierten Fachwerkhaus in der idyllischen Altstadt gefunden. Ursprünglich wollte er das neue Domizil modern einrichten. Aber Marie bevorzugte alte, gemütliche Möbel. Wenn wir uns nicht einigen können, dachte er, sieht es bei uns wirklich so aus wie bei den Sauschlägers. Schließlich stellte Tante Lilly einige herrliche alte Schränke und Kommoden zur Verfügung, und das junge Paar kaufte einige zeitlose, bequeme Polstermöbel dazu. Wohnzimmer und Diele waren nun ganz nach Maries Geschmack ausgestaltet, Küche und Esszimmer modern. Und für das Schlafzimmer hatte man sich auf ein Wasserbett und Einbauschränke geeinigt. Die Einbauvariante hatte man in der Hoffnung gewählt, das Haus vielleicht mal kaufen zu können. Wenn die Geschäfte so gut weiterliefen, wäre das wohl bald möglich.

Abends hatte Amadeus bei Manfred angerufen, und man vereinbarte, sich in der Mitte zwischen Manfreds und Amadeus´ Wohnung in einer Kneipe auf ein Bier zu treffen. Dann rief er noch Gisela an, die in einer Stunde vorbeischauen wollte. Das Gespräch mit Manfred dauerte etwas länger. Amadeus wollte ihm über das, was heute in Thale passiert war, berichten. Als er dann nach Hause kam, hörte er beim Öffnen der Wohnungstür Giselas durchdringendes Lachen.

»Was ist denn hier los? Lacht ihr etwa über mich?«, fragte Amadeus, als er sich zu den beiden Frauen gesellte.

»Über wen sollen wir denn sonst lachen?«, gab Marie zurück.

»Ich habe Gisela gerade erzählt, was bei unserer Hochzeit in der Kirche passiert ist.«

»Mach du deinen Mann nur lächerlich.«

Es war Amadeus von Anfang an völlig klar gewesen, dass auf der Hochzeit irgendeine Katastrophe passieren musste. Das war immer so. Er hatte schon befürchtet, in die Hochzeitstorte zu fallen oder aus Versehen *Nein* zu sagen. Aber das traf natürlich nicht ein. Es lief alles wunderbar, bis die Pastorin die Ringe auf einem kleinen Tablett reichte und Amadeus in seiner Ungeschicklichkeit dagegen depperte. Es machte *kling-kling* und die Ringe rollten irgendwo in der Kirche herum. Mehrere Hochzeitgäste, Amadeus und die Pastorin gingen in die Knie, um die Ringe zu suchen. Dabei stießen Amadeus und die Pastorin mit den Köpfen zusammen. Puterrot im Gesicht und von einigen Lachern umrahmt erhob sich Amadeus wieder. Die Ringe wurden gefunden und angesteckt. Vor der Kirche sagte Tante Lilly dann zu Marie, wie froh sie sei, dass dieser Riesentollpatsch tatsächlich eine Frau gefunden hatte, die bereit war, mit ihm das Risiko der Ehe einzugehen.

»Tja, Gisela, ich schmeiße Ringe durch die Gegend, kippe mit dem Stuhl um, falle nackt von Dächern und finde Leichen.«

Nun wurde Gisela ernst: »Was soll ich dazu sagen? Es wäre gut gewesen, wenn du mich gleich angerufen hättest. Jetzt ist Herr Schindler mit seinem komischen Bodyguard wieder abgereist und außerhalb unserer Reichweite. Ich hätte die beiden zu gern interviewt.«

»Ich bin ja gar nicht auf die Idee gekommen, dass der Bodyguard von Vladimir Schindler etwas damit zu tun haben könnte. Marie hat mich erst darauf gebracht. Ich war irgendwie wie benommen. Es kann doch nicht wahr sein, dass ich mit jedem Mord, der hier in der Gegend passiert, irgendwas zu tun habe.«

»Doch, das kann sehr wohl sein. Du bist anscheinend ein Unglücksrabe. Wer bei der Hochzeit die Ringe durch die Luft schleudert, mit dem Stuhl umkippt, dem armen alten Herrn Beermann ein Tablett auf den Kopf haut, der darf sich nicht wundern, auch die eine oder andere Leiche zu finden. Also, erzähl mir alles im Detail, und ich werde mich dann an die Kollegen in Sachsen-Anhalt wenden, die den Ermordeten aus dem Wasser gefischt haben. Ich bin felsenfest davon überzeut, dass das Ganze in Zusammenhang mit dem Verschwinden von Herrn Safin steht.«

Heute war ein vergleichsweise guter Tag gewesen. Der Mann war heute länger geblieben als sonst. Er hatte ihm gesagt, dass die Vorkehrungen für sein endgültiges Verschwinden weitgehend abgeschlossen seien. Und das bedeutete, dass er bald frei sein würde. Vorausgesetzt, dass der Typ ihm nichts vormachte und ihn doch noch umbrachte. Aber seine Menschenkenntnis hatte ihn noch nie getrogen. Andererseits, der Mann war ein Mörder. Und zwar von der schlimmsten Sorte, der für Geld andere Leute, die er gar nicht kannte, aus dem Weg räumte. Aber welche Alternative gab es? Sein Leben war fünf Millionen wert. Und er konnte dem Mann wohl auch glaubhaft machen, dass dieser Betrag für ihn ein Scheißdreck war und er nicht auf die Idee kommen würde, ihn dafür zu jagen, wenn er ihn gehen ließ.

- 24 -

Ludmilla Schulz konnte sich nicht erinnern, sich jemals so elend gefühlt zu haben. Ivan hatte ihr sein Vertrauen geschenkt und sie beauftragt, sich um die Beseitigung von Vladimir Schindler zu kümmern. Sie hatte einen „Dienstleister“ beauftragt, der die Sache erledigen sollte. Und dann war alles total in die Hose gegangen. Man hatte ein Duo auf Schindler angesetzt. Einer der beiden Männer war nun tot, der andere konnte angeschossen entkommen. Was waren das nur für Idioten! Es war bekannt, dass Schindler nicht ohne Bewachung kommen würde. Aber was ist schon ein einziger Bodyguard? Damit hätte man fertig werden müssen. Allein für diesen Hosenschiss würde Ivan ihr den Kopf abreißen. Und dann zu allem Überfluss auch noch die Sache mit dem Krankenwagen. Wutgerut hatte ihr zugesagt, dass er ihn spurlos verschwinden ließe. Und nun stand er in Hamburg. Natürlich hatte man die DNA von Alexander Safin und seinem Bodyguard darin gefunden. Diesem verdammten Wutgerut würde sie nicht nur den Kopf abreißen. Wenn sie mit ihm fertig war, würde er zusammengefaltet in eine Hutschachtel passen. Aber vorher stand das Gespräch mit Ivan an. Es würde sicherlich die unangenehmste Unterredung ihres Lebens werden. Er tat zwar immer so freundlich und höflich, aber in ihm steckte der Teufel persönlich. Ob sie aus dieser Sache heil herauskommen würde? Sie wusste es nicht.

Es läutete an der Tür. Ivan kam natürlich pünktlich auf die Minute. Sie eilte durch ihr pompöses Wohnzimmer auf den Flur und drückte die Sprechanlage. Als sich niemand meldete, schaute sie durch den Spion. Ivan stand bereits vor ihrer Wohnungstür. Nachdem sie geöffnet hatte, reichte ihr ein freundlich lächelnder Ivan die Hand. Er war wie immer gut gekleidet: teurer Sommeranzug, beiges Seidenhemd. Ludmilla rang sich ein Lächeln ab und bat ihn herein. Sie führte ihn ins Wohnzimmer, und er nahm Platz in dem stilvollen Sessel vor der Fensterfront. Unaufgefordert holte sie ihm ein Wasser, wie sie es immer tat, wenn er zu Gast war. Ivan trank einen Schluck und eröffnete die Konversation:

»Tja, Ludmilla, ich brauche dir nicht zu sagen, dass ich ebenso enttäuscht wie besorgt bin. Es ist das erste Mal, dass wir einen Auftrag nicht ordnungsgemäß ausgeführt haben.«

»Ivan, ich…«, weiter kam sie nicht, weil Ivan seine Hand erhob und ihr Ruhe gebot. Das war ein ernstes Zeichen.

»Ludmilla, wir haben durch diesen Fehlschuss unser Renomée verloren. Der Auftraggeber erwartet, dass wir die Sache innerhalb von vierzehn Tagen in Ordnung bringen. Das Problem ist aber, dass Herr Schindler nun gewarnt ist. Er wird sich nicht mehr in der Öffentlichkeit zeigen und seinen Schutz vervielfachen. Hast du eine Idee, wie wir den Auftrag nun innerhalb von vierzehn Tagen erledigen sollen?«

»Ivan, ich werde alles…«

Wieder gebot er ihr, zu schweigen.

»Das ist nur die eine Sache. Mindestens so schlimm ist die Sache mit dem Krankenwagen. Er hätte nicht gefunden werden dürfen. Nach meinen Informationen hat die Polizei sogar die Leute gefunden, die den Krankenwagen verkauft haben. Und das Problem ist, dass diese Leute unsere angeblich so sichere Deponie betreiben. Kannst du dir vorstellen, was passiert, wenn die Polizei diese Deponie entdeckt?«

Ludmilla hob fragend die Arme und wollte etwas sagen, aber Ivan redete weiter: »Wenn wir nicht alles innerhalb kürzester Zeit in Ordnung bringen, können wir nur noch fluchtartig das Land verlassen und unser mühselig aufgebautes Geschäft im Stich lassen. Ludmilla, natürlich kann man mal einen Fehler machen. Aber nicht in unserem Geschäft. Hier kann ein Fehler tödlich sein. Und du hast sogar zwei Fehler gemacht. Zwei Fehler innerhalb kürzester Zeit. Sollte ich mich wirklich so in dir getäuscht haben?«

»Nein, Ivan, das hast du nicht.«

»Ich glaube dir, Ludmilla. Und ich habe dir auch ein kleines Geschenk mitgebracht. Ich weiß, dass du die Sache wieder bereinigen wirst. Falls nicht, dann wird dir allerdings nichts anderes übrig bleiben, als das Geschenk zu benutzen.«

Ivan holte aus seiner ledernen Umhängetasche ein hübsch in Geschenkpapier und mit Schleife verpacktes Präsent und überreichte es lächelnd der gequält dreinschauenden Ludmilla. Dann verabschiedete er sich.

Als er gegangen war, ließ sich Ludmilla erschöpft in einen Sessel fallen und zündete sich eine Zigarette an. Sie fühlte sich so ausgelaugt wie nie zuvor in ihrem Leben. Der einzige Hoffnungsschimmer war, dass Ivan kein Grobian war. Vielleicht würde ja doch noch alles in Ordnung kommen. Er hatte ihr noch eine Chance gegeben. Und sogar ein Geschenk hatte er ihr mitgebracht. Ungeduldig riss sie das Geschenkpapier von dem Päckchen, öffnete den Deckel und jaulte ein langes *Nein*.

Das Geschenk war eine Pistole. Wenn sie jetzt nicht alles in den Griff kriegte, musste sie sich umbringen, oder Ivan würde das besorgen. Versagen kam nicht in Frage.

- 25 -

Wutschnaubend lenkte Herr Wutgerut seinen Wagen Richtung Harz. Vor lauter Zorn wäre es fast schon zu einem Unfall gekommen. Er fuhr zu schnell, denn er konnte es partout nicht erwarten, die Sauschlägers zur Schnecke zu machen. Ach, was heißt, zur Schnecke machen? Den Arsch würde er ihnen aufreißen. Nie zuvor war er so gedemütigt worden. Ludmilla, dieses verfluchte Mannweib, war in sein Büro gestürmt und hatte ihn geohrfeigt. Vor den Augen seines Mitarbeiters. Sie hatte ihn einen Bettnässer genannt, ein Riesenarschloch und was noch alles. Sie hatte ihm gedroht, ihn kaltzumachen. Das war ihm in seinem Leben noch nicht passiet. Und warum das alles? Weil die Sauschlägers, diese Oberharzer Bande asozialer Faulenzer, den Krankenwagen nicht wie vereinbart verbuddelt, sondern verkauft hatten. Verkauft! Und dann war die Polizei dahintergekommen. Und er, der erfolgreiche Mitarbeiter, der das Geschäft in der Gegend mühselig aufgebaut hatte, der angesehene Wutgerut, er musste jetzt den Kopf dafür hinhalten, sich ohrfeigen und demütigen lassen. Oh, Sauschlägers, wenn ich euch in die Finger kriege, dann Gnade euch Gott. Ein weiteres gefährliches Überholmanöver auf der schmalen, unübersichtlichen Straße an der Innerste vor Wildemann hätte ihn nun fast in die ewigen Jagdgründe befördert. Scheiß drauf. Ich muss zu den Sauschlägers. Und wenn es das letzte ist, was ich mache, aber die sind geliefert. Jede Ohrfeige von Ludmilla werde ich doppelt weiterreichen.

Auf dem idyllischen Grundstück der Sauschlägers herrschte eine ausgelassene Stimmung. Lilly saß zusammen mit dem Ehepaar Rita und Hannes auf der Terrasse.

Sie hatte ihren Laptop angestellt und tippte ein, was die beiden ihr diktierten. Sie genoss es sichtlich, mit diesen beiden Originalen zusammenzusein. Es war in letzter Zeit eine gegenseitige Sympathie entstanden. Die Sauschlägers fühlten sich erheblich in ihrem Ego bestärkt, dass diese gebildete, alte Dame sich so intensiv mit ihnen beschäftigte. Und sie konnten ihr bei ihrer Sprachforschung wirklich behilflich sein. Wie selbstverständlich hatte man sich von Anfang an geduzt. Irgendwie gehörte Lilly inzwischen einfach dazu.

Die Idylle wurde abrupt gestört, als eine Edelkarosse in einem völlig unangemessenen Tempo auf das Grundstück raste. Ein Glück, dass die Kinder heute nicht da waren. Das Auto hielt vor der Terrasse und ein rotköpfiger Mann sprang fluchend heraus.

Lilly, Rita und Hannes schauten verwundert auf den wutschnaubenden Wutti, der schon redete und fluchte, bevor er überhaupt einen Menschen vor sich hatte.

»Was isn mit dem los? Hat den ne Hummel im Arsch gestochen?«, war Hannes´ erster Kommentar.

Als er dann die fünf Terrassenstufen emporstürzte, rief er: »Ihr verfluchte Saubande! Heute werdet ihr mich kennenlernen. Ich tu alles für euch, rette euch den Arsch, und ihr belügt und betrügt mich.«

Nun ergriff Rita das Wort: »Jetze halt örschtemal deine große Fresse, du alberner Kerrel!«

»Wer hier die Fresse hält, das bestimme ich.«

Lilly folgte dem Schauspiel hochinteressiert, bis Wutgerut den Fehler machte, ihren Laptop zuzuklappen und sagte: »So, Oma, und Du gehst jetzt schön nach Hause. Da kannst Du in Ruhe weiterspielen.«

Dann packte er sie am Arm und zog sie aus dem Stuhl. Eine solche Respektlosigkeit hatte Lilly noch nicht erlebt.

Sie holte aus und versetzte Herrn Wutgerut eine schallende Ohrfeige. Dann stieß sie ihm abwechselnd den linken und den rechten Zeigefinger in den Bauch, in rhytmischer Weise Flüche ausstoßend, und drängte ihn zu den Stufen zurück, bis der Mann schließlich die erste Stufe verfehlte und rücklings die kleine Treppe hinunterflog. Da lag er nun fluchend im Dreck und Lilly sagte ganz gelassen:

»Rühr mich noch einmal an, dann trete ich dich dahin, wo die Katze keine Haare hat.«

Rita lachte hämisch, und Hannes stemmte verwundert die Arme in die Seiten, abwartend, was nun als nächstes kam. Als Wutgerut die fünf Stufen wieder erklommen hatte, sagte Hannes schließlich:

»Mach dich in unnern Haus nein und haltn Rand. Mir komme gleich.«

Wutgeruts Zorn war in Verzweiflung umgeschlagen und er jammerte: »Ich bin es so leid, mich von Frauen schlagen zu lassen.«

Da die Stimmung nun sowieso dahin war, verabschiedete sich Lilly, und die Sauschlägers gingen zu Wutgerut ins Haus, wo sie eine längere Unterredung hatten. Alle drei brüllten sich innerhalb von zehn Minuten heiser. Nachdem der Dampf raus war, unterhielt man sich in Ruhe. Es war Rita und Hannes klar, dass sie Wutti in eine üble Lage gebracht hatten. Als dieser dann auch noch anfing zu weinen, tat er den beiden leid und Hannes sagte fast freundschaftlich: »Nun reiß diche mal zusamme, du Jammerlappen.«

Wutgerut hatte gar keinen Plan, wie er nun weiter verfahren sollte. Er hatte sein Pulver verschossen und saß da wie ein Häufchen Elend. Seine einzige Hoffnung war, dass die Polizei nicht doch noch dahinterkam, was sich auf diesem Grundstück unter der Erde verbarg. Er würde Ludmilla einfach sagen, dass alles in Ordnung war. Die Polizei hatte keine Lunte gerochen und die Sauschlägers würden nie wieder etwas tun, was sie und ihre Geschäfte in Gefahr bringen könnte. Er musste Ludmilla davon überzeugen, und sie würde Ivan davon überzeugen. Und damit wäre dann alles wieder in Ordnung. Das redete er sich jedenfalls auf der Rückfahrt ein.

»Ihr glaubt ja nicht, was ich heute erlebt habe,« erzählte Lilly am Abend Amadeus und Marie, als sie ihnen einen Besuch in Goslar abstattete.

»Um Gottes Willen, Tante Lilly, was hast du denn nun schon wieder angestellt?«, fragte Amadeus heiter.

»Ich war heute bei den Sauschlägers. Als wir auf der Terrasse saßen, kam ein Mann mit dem Auto angerast, sprang heraus wie ein wild gewordener Handfgeger und hat alle beleidigt. Mich hat er mit *Oma* angeredet, am Arm gepackt und wollte mich doch tatsächlich rausschmeißen.«

»Was? Tante Lilly, jetzt übertreibst du doch.«

»Wenn ich es euch doch sage. Na, mit mir macht man das natürlich nicht. Ich habe ihm sofort eine geknallt.«

»Tante Lilly! Um Gottes Willen. Und was ist dann passiert?«

»Dann hab ich ihn die Terrassentreppe runtergeworfen.«

»Um Himmels Willen, Tante Lilly, jetzt prügelst du dich schon. Was war denn das für ein Kerl?«

»Ich habe keine Ahnung. Jedenfalls lag er erst mal im Dreck. Und nachdem er sich dann wieder aufgerappelt hatte, haben die Sauschlägers ihn im rüden Ton ins Haus befohlen. Ich habe mich dann auf den Weg gemacht, hörte aber im Haus noch ein fürchterliches Geschrei.«

»Um Gottes Willen«, sagte jetzt Marie. »Mit was für Leuten lässt du dich denn ein?«

»Die Sauschlägers sind anständige Leute; etwas gewöhnungsbedürftig zwar, aber wirkliche Originale und herzensgut. Für das Verhalten dieses ungehobelten Menschen können sie ja nichts. Naja, jedenfalls habe ich hinterher noch mal mit ihnen telefoniert. Und Rita sagte mir, dass der arme Kerl wohl gerade einiges durchgemacht hätte. Deshalb habe er so verrücktgespielt. Ich solle mir aber keine Sorgen machen; es sei mittlerweile alles wieder im Lot.«

»Na, das will ich hoffen«, sagte Amadeus, »ich bin schließlich Schuld, dass du die Sauschlägers überhaupt kennengelernt hast. Soll ich mal mit Hannes sprechen?«

»Kommt gar nicht in Frage. Sehe ich etwa aus wie ein unmündiges Kind?«

»Das kann man nun wirklich nicht sagen, Tante Lilly.«

- 26 -

Ivan hatte entschieden. Die Sauschlägers mussten weg. Und zwar schnell. Alles Schönreden und Beschwichtigen Ludmilla gegenüber nutzte nichts. Wutgerut hatte bei dieser Dame endgültig verschissen. Um ihren eigenen Kopf zu retten, würde sie alles tun, um Ivan diensteifrig vorauszueilen. Sie hatte Angst vor ihm. Und Wutgerut hatte Angst vor Ludmilla. Nun saß dieses Satansweib in Wutgeruts Büro und sagte, was zu tun war:

»Die Sauschlägers sind ein wandelndes Risiko. Sie müssen verschwinden. Endgültig. Daran gibt es nichts zu rütteln.«

»Aber Ludmilla, wie soll denn das gehen? Ich meine, die Leute haben sechs Kinder.«

»Dass es so weit gekommen ist, das ist allein deine Schuld, Wutgerut. Und du wirst sie auch beseitigen.«

»Ludmilla, das kannst du nicht machen. Ich kann das nicht. Ich habe mit solchen Sachen nicht die geringste Erfahrung.«

»Kein Problem, die wirst du jetzt bekommen. Wenn du hier wieder versagst, dann ruf gleich die Sauschlägers an, dass sie ein tiefes Loch ausgraben sollen, und zwar für dich! Haben wir uns jetzt endlich verstanden, Wutgerut?«

Ivan hatte verfügt, die Sauschlägers ein Loch ausheben zu lassen. Dann sollte sie mit Wutgerut hinfahren und die beiden liquidieren, um sie dann in ihrem eigenen Loch verschwinden zu lassen. Bis hierhin war Wutgerut einbezogen. Wenn die Sauschlägers dann in dem Loch lagen, sollte sie Wutgerut abknallen, um ihn ebenfalls darin zu begraben. Bei dem Wort *Begraben* wurde Ludmilla ganz übel. Natürlich konnte sie nicht mit dem Bagger umgehen.

Es würde ihr nichts anderes übrig bleiben, als das Loch zuzuschaufeln. Wie sie diese Anstrengung überstehen sollte, war ihr noch nicht klar. Aber das gehörte natürlich zu der Bestrafung, die Ivan ihr zugedacht hatte. Da musste sie durch. Und selbstverständlich würde sie es schaffen. Die ganze Aktion musste schnell vonstatten gehen. Denn zur Zeit waren die Kinder der Sauschlägers nicht da. Es war zwar völlig klar, dass die Polizei den Privatfriedhof auf dem Grundstück finden würde, wenn die Sauschlägers als vermisst gemeldet wurden, aber das war dann auch kein Risiko mehr, da dann alle, die in der Lage waren, zu quatschen, selbst unter der Erde liegen würden.

Vor dieser Aktion musste Wutgerut noch die Firma in Salzgitter, deren Geschäftsführer er war, liquidieren. Es würde dieses profitable Unternehmen, in das er so viel Energie gesteckt hatte, von heute auf morgen einfach nicht mehr geben. Ivan hatte in einer spontanen Aktion alle Kundenkontakte an einen Konkurrenten verkauft. Die wenigen Mitarbeiter bekamen eine Abfindung und sollten sich aus der Gegend verdrücken.

Wutgerut verstand die Welt nicht mehr. Er hatte ein sehr unwohles Gefühl bei der ganzen Sache. Ludmilla hatte zwar gesagt, dass Ivan für ihn eine andere Vewendung in einer anderen Gegend hätte, wenn er sich denn im Fall Sauschläger bewährt. Aber er traute dem Ganzen nicht. Irgend etwas führten Ivan und Ludmilla im Schilde, wovon er, Wutgerut, nichts wusste. Er würde auf der Hut sein müssen. Am besten wäre es, ganz schnell zu verschwinden. Sein Geld würde reichen, für den Rest seines Lebens auch ohne Arbeit zurechtzukommen. Er würde zwar nicht üppig leben können, aber besser so, als auf Ludmilas und Ivans Abschussliste zu stehen. Vielleicht sah er auch zu schwarz. Auf der anderen Seite kannte er die

Methoden seines Arbeitgebers. Und natürlich hatte er sich für den Fall eines Falles auch schon Gedanken gemacht, wohin er verschwinden könnte, ohne das Risiko einzugehen, von Ivan aufgespürt zu werden. Das Problem im Moment war, dass Ludmilla ihm nicht von der Seite wich. Es würde ihm wahrscheinlich nichts anderes übrig bleiben, als sich an dieser scheußlichen Aktion gegen die Sauschlägers zu beteiligen. Spätestens danach musste allerdings Schluss sein. Irgendwie hatte Wutgerut sowieso die Schnauze voll von diesem Leben. Ludmilla schikanierte ihn, seine Frau schikanierte ihn. Ha, die würde er auf diese Weise auch endlich los sein. Sollte sie doch glücklich werden mit dem Haus, das er bezahlt hatte, ihr aber auf dem Papier gehörte. Soll sie sich doch einen anderen Dummen suchen, der das Geld nach Hause bringt. Und wenn sich kein Dümmerer findet, dann soll sie es mal mit Arbeit versuchen, dachte er. Irgendwie hatte er mit dieser Art Leben abgeschlossen. Er würde neu anfangen. Aber zuerst musste er wohl oder übel die Sache mit den Sauschlägers bereinigen. Und dann nichts wie weg.

- 27 -

Giselas finsterer Blick verhieß nichts Gutes. Kommissar Schneider, der sie auf dem Flur freundlich grüßte, erhielt nur ein Grunzen als Antwort, und schon war sie in ihrem Büro verschwunden. Na, das hatte ja so kommen müssen. Der erste Krach in ihrer ach so wunderbaren Liebesbeziehung, dachte Schneider. Wenn irgend möglich, sollte er sie heute nicht ansprechen. Diesen Fehler beging dann auch der Kollege Knott, der Gisela anlächelte und bemerkte:

»Du siehst heute aus, als ob du den Tag nicht überlebst«, worauf sie entgegnete:

»Dann legt mich doch gleich in den Sarg. Am besten mit dem Bauch nach unten. Dann könnt ihr mich alle nochmal am Arsch lecken.«

Wie immer, wenn sie extrem schlechte Laune hatte, bekam sie die Telefonitis. Sie versuchte auf Biegen und Brechen, etwas aus ihren Gesprächspartnern herauszuholen. Und wenn es nicht so lief wie sie wollte, meckerte sie die Leute an. Da sie Vladimir Schindler seit seinem Besuch in Goslar in London nicht mehr erreichen konnte – angeblich hielt er sich im Ausland auf, konzentrierte sie sich wieder auf den Krankenwagen. Wer hatte ihn gekauft, bevor die Sauschlägers ihn *gefunden* hatten? Sie telefonierte noch einmal ausgiebig mit dem Bochumer Unternehmen, das den Wagen gegen bar verkauft hatte, konnte aber keinerlei neue Anhaltspunkte mehr bekommen. Ich muss mich nochmal mit den Sauschlägers unterhalten, dachte sie. Es muss irgendwas dahinter stecken. Die haben den Wagen nicht gefunden. Sie tun zwar so naiv, sind aber nicht ganz sauber. Als Schneider ihr Zimmer betrat, schaute sie nur kurz auf.

»Gisela, ich muss Sie mal stören. Wie kommen wir in Sachen Krankenwagen weiter? Was haben Sie vor?«

Statt einer Antwort kam nur ein trüber Blick. Er kannte diesen Blick seiner Mitarbeiterin. Sie brütete. Und er wusste, dass sie nichts sagen würde, bis sie eine Idee hatte. Also schwiegen sich beide an. Die Ruhe wurde von einem Klopfen an der Tür durchbrochen. Herein kam ein Blumenstrauß mit Beinen. Das Gebinde war so riesig, dass man den Jungen dahinter gar nicht sah. Mit großer Mühe bugsierte er den Strauß zur Seite, damit er etwas sehen konnte und fragte Gisela: »Sind Sie Frau Berger?«

»Ja«, antwortete sie.

»Diese Blumen sind für Sie.«

Solch einen gigantischen Strauß hatte Schneider noch nicht gesehen. Der Junge legte ihn auf Giselas Tisch, der nun ganz und gar bedeckt war.

»Mein Gott«, einfuhr es Schneider, »da muss einer ein fruchtbar schlechtes Gewissen haben. Oder er muss Sie wirklich lieben. Oder beides.«

Gisela rang sich ein kleines Lächeln ab, nahm die Karte, die an dem Gebinde befestigt war und las:

Ich liebe Dich! K.

»Gisela, ich denke, Sie versuchen jetzt erstmal, diesen Blumenladen nach Hause zu transportieren. Und morgen fangen wir mit neuer Kraft an, unseren Fall zu lösen.«

Dann verschwand Schneider aus ihrem Zimmer.

»Jetze ha ich´s aber aach scheißndick«, sagte Rita Sauschläger, nachdem sie ein neues Loch ausgehoben und den kleinen Bagger im Schuppen abgestellt hatte. Wutti hatte eiligst um ein neues Loch gebeten. Heute nacht sollte eine neue Lieferung kommen. Natürlich konnten die Sauschlägers nicht wissen, dass sie sich ihr eigenes Grab schaufelten. Sie wussen ja nicht einmal, dass es sich überhaupt um Gräber handelte. Sie sahen immer nur irgendwelche in Plastik verpackten Pakete darin liegen, die Rita dann schnellstens mit Erde bedeckte. Sie wollte überhaupt nicht darüber nachdenken, was sie da vergrub. Heute waren die Kinder den letzten Tag weg. Eigentlich hatten sie sich einen schönen faulen Tag machen wollen, als Wuttis Nachricht kam, dass Arbeit anstand.

Wutgerut hatte an diesem Tag die nötigen Vorkehrungen getroffen, um sich nach dieser letzten Aktion abzusetzen. Egal, wie die Sache heute nacht ausgehen würde, morgen wäre er weg. Bei Ivan und Ludmilla war er sowieso schlecht angesehen. Wer weiß, was sie gegen ihn im Schilde führten? Und seine Frau ging ihm einfach nur noch auf die Nerven. Und die junge Dame, die ihn ständig auf seinem geheimen Handy anrief, wollte auch nur sein Geld. Verdammte Hure! Wo war eigentlich dieses dämliche Handy abgeblieben? Er wursste es nicht. Scheiß drauf. Also hatte er sein Vermögen so transferiert, dass niemand nachvollziehen konnte, wo es jetzt war. Außerdem hatte er eine große Summe Bares deponiert. Und bereits seit Jahren lag ein ordentlicher Batzen auf den Cayman-Inseln. Einen falschen Pass mit einer anderen Identität hatte er sich schon vor längerer Zeit teuer gekauft. Morgen würde er ein neues

Leben anfangen. Das einzige, was ihm im Magen lag, war die Aktion gegen die Sauschlägers, die kommende Nacht stattfinden sollte. Er war kein Gewalttäter. Außerdem waren ihm die Sauschlägers sympathisch. Aber Ludmilla, dieses Satansweib, ließ ihn nicht aus ihren Klauen.

Am Abend saß Gisela Berger bei Marie und Amadeus in deren Wohnung. Inzwischen war eine freundschaftliche Beziehung entstanden. Gisela war in gelöster Stimmung, nachdem Klaus ihr den größten Blumenstrauß ihres Lebens geschickt hatte. Sie hatte inzwischen mit ihm telefoniert, und die Welt war wieder mit rosaroten Farben übergossen.

»Dir scheint es ja heute besonders gut zu gehen«, sagte Amadeus schmunzelnd. »Warte mal ab, bis es zum ersten Mal richtig kracht in deiner Liebesbeziehung.«

»Es hat bereits gekracht. Und zwar richtig. Aber es gibt nichts Schöneres als eine Versöhnung.«

»Da hast du allerdings Recht.«

»Anderes Thema. Sag mal. Amadeus, du kennst doch die Sauschlägers ganz gut.«

»Naja, das wäre übertrieben. Ich denke, Tante Lilly kennt sie besser als ich. Was sie mir vor ein paar Tagen erzählt hat, könnte mich tatsächlich beunruhigen, wenn es nicht gerade Lilly passiert wäre. Sie war bei den Sauschlägers. Da kam ein Mann angesaust und hat alle beschimpft. Er ging sogar soweit, Tante Lilly am Arm zu packen und rauszuschmeißen.«

»Das ist ja unglaublich. Was war das denn für ein Typ?«

»Keine Ahnung. Ich weiß nur, dass Tante Lilly ihm eine gescheuert hat. Und dann hat sie ihn die Treppe runtergeschmissen.«

Jetzt fing Gisela an zu lachen und fragte: »Und was haben die Sauschlägers gemacht?«

»Die haben ihn ins Haus geholt und sich dann fürchterlich mit ihm gefetzt. Tante Lilly hat sie von draußen noch brüllen hören.«

»Also, irgendwas stimmt nicht mit diesen Leuten. Ich wollte nochmal dahin, um mit ihnen zu reden.«

»Na, dann viel Vergnügen. Aber sag bitte nicht, was ich dir heute erzählt habe. Sonst denken sie noch, dass Tante Lilly sie für die Polizei ausspioniert.«

»Keine Sorge. Aber es ist gut, dass ich es weiß.«

Gegen zwei Uhr nachts erreichten Ludmilla und Wutgerut das Grundstück der Sauschlägers. Sie waren mit Wutgeruts Auto gefahren. Im Kofferraum lagen stabile schwarze Plastiksäcke und eine Schaufel. Es war abgesprochen, dass Wutgerut die Sauschlägers herausklingeln sollte. Unter einem Vorwand sollten sie nach draußen kommen. Er und Ludmilla würden sie dann völlig unvermittelt erschießen und in Plastik verpacken. Was Wutgerut nicht wusste: im Anschluss daran würde Ludmilla ihn erschießen, verpacken und in die Grube werfen.

Wutgerut hielt direkt neben dem Baum, unter dem das Loch ausgehoben war. Er stellte den Motor ab, ließ die Scheinwerfer aber an. Sie stiegen aus und begutachteten die Grube.

Verdammte Scheiße, dachte Wutgerut, und jetzt soll ich wohl die Sauschlägers aus dem Bett klingeln und sie hierher holen, damit sie erschossen und vergraben werden. Das will ich nicht, das kann ich nicht, das mach ich nicht.

»Na, das ist ja ein schönes Loch. Tief und breit genug für drei Leute«, sagte Ludmilla leise.

»Wieso drei Leute?«

Wutgerut schaute Ludmilla entsetzt an.

»Habe ich drei gesagt? Da hab ich mich wohl versprochen.«

Wutgerut war nicht wohl. Während der gesamten Fahrt hatten sie kaum miteinander gesprochen. Es hämmerte in seinem Kopf. Er fragte sich, wie er aus dieser verdammten Sache herauskommen konnte, ohne die Sauschlägers umzubringen. Morgen früh wäre er sowieso weg. Kein Mensch, der ihn kannte, würde ihn je wiedersehen. Warum sollte er jetzt noch so etwas Schreckliches tun? Das würde ihn für den Rest seines Lebens verfolgen. Und was ist, wenn Ludmilla, diese verfluchte Kanaille, sich nicht versprochen hatte? Wollte sie ihn die Drecksarbeit machen lassen, um ihn dann gleich mit umzubringen und zu vergraben? In einer Mischung aus Wut und Verzweiflung schnauzte er Ludmilla an:

»Was ich dir schon längst mal sagen wollte, Ludmilla: du bist ein verdammtes Drecksstück!«

Völlig entgeistert sah sie ihn im Licht des Scheinwerfers an und fragte: »Bist du lebensmüde, Wutgerut? Soll ich dich gleich mit begraben?«

Das war zuviel für ihn. Mit dem Mut der Verzweiflung gab er Ludmilla völlig unvermittelt einen Schubs und schon lag sie in der Grube. Das ging so schnell, dass sie nicht mal Zeit hatte zu schreien. Sie bewegte sich nicht. Sie lag nur da und starrte. Offenbar hatte sie sich das Genick gebrochen. Was nun, fragte sich Wutgerut. Nach ein paar Sekunden des fieberhaften Überlegens rannte er zum Kofferraum und holte die Schaufel heraus. Bevor er anfing, sie mit Erde zu bedecken, zog er seine Pistole aus der Jacke, schraubte den Schalldämpfer darauf und schoß noch dreimal auf sein Opfer. Sicher ist sicher. Dann bedeckte er Ludmilla mit Erde. Rita würde morgen früh den Rest besorgen. Aber dann würde er schon über alle Berge sein. Als er sein Werk beendet hatte, setzte er sich ins Auto und fühlte sich seit langer Zeit endlich wieder frei. Er fuhr seiner Zukunft entgegen. Er konnte es gar nicht erwarten und raste im Eiltempo davon. Dass diese Zukunft ausgesprochen kurz sein würde, konnte er zu diesem Zeitpunkt noch nicht ahnen. Etwa zehn Minuten später wurde sein Auto in einer Serpentine bei Clausthal aus der Kurve getragen und überschlug sich mehrmals auf dem steilen Abhang.

Hermann Wutgeruts Witwe nahm den Tod ihres Gatten gefasst auf. Sie wunderte sich allerdings, wo all das Geld geblieben war, das ihr Mann angehäuft hatte. Außer dem Haus und der Lebensversicherung war nichts mehr da. Als sie für das Bestattungsinstitut einen Anzug heraussuchte, fand sie dann allerdings noch einen ordentlichen Batzen Bargeld. Weit über zweihunderttausend Euro. Mein Gott, warum hat er denn soviel Bares im Kleiderschrank gehortet? Egal, Hauptsache, sie hatte genug, um weiterhin ihren angenehmen Lebensstandard zu sichern. Auf der Beerdigung spielte sie die trauernde Witwe, obwohl sie sich insgeheim auf ihre neue Freiheit freute. Sie trug einen Hut mit kurzem schwarzen Schleier. Das erste Orgelspiel war verklungen, und gerade wollte der Pastor etwas sagen. Da war in der kleinen Kapelle ein Lied zu hören, ganz leise: *Je t'aime.* Mein Gott, was für eine Geschmacklosigkeit! Die Leute sahen sich an, der Pastor verharrte vor sich hinstarrend, bis klar war, dass es sich um einen Handy-Klingelton handelte. Welcher Idiot hatte sein Handy nicht abgestellt? Plötzlich richteten sich alle Blicke auf den Sarg. Dieses alberne Liedchen kam aus dem Sarg! Bestattungsunternehmer Bruns und sein Helfer eilten herbei, um den Deckel zu öffnen. Die Musik wurde lauter. Herr Bruns griff in die

Brusttasche des Verblichenen und holte das Handy heraus. Offenbar hatte die Witwe es nicht entdeckt, als sie den Anzug für die Beerdigung herausgelegt hatte. Dann schaltete sich die Mailbox mit der Stimme des Herrn Wutgerut ein: *Hallo, ich bin im Augenblick gerade bei der Queen zum Teetrinken. Versucht es bitte später oder hinterlasst mir eine Nachricht.* Der Bestatter wusste nicht, was er tun sollte. Dann meldete sich eine junge Damenstimme: *Hallo, mein kleines Schlabberschnäutzchen. Melde dich doch endlich mal wieder bei mir. Oder ziehst du es jetzt vor, deine Kräfte an deiner Frau, dieser ausgetrockneten, frigiden Kuh zu vergeuden?*

Bestatter Bruns, dem es endlich gelang, das Handy auszuschalten, starrte vor sich hin. Sämtliche Trauergäste starrten oder sahen sich bestürzt an. Schließlich stand Frau Wutgerut auf, trat vor den Sarg, warf ihren kleinen Rosenstrauß auf den Fußboden, drehte sich abrupt um und verließ die Kapelle erhobenen Hauptes. Ihren Hut mit Schleier riß sie sich beim Hinausgehen vom Kopf und warf ihn zu Boden.

- 29 -

»Na, Gisela, wie sieht es mit unserem Fall aus? Sind Sie hinsichtlich des Krankenwagens irgendwie weitergekommen?«, fragte Gerald Schneider seine Mitarbeiterin, als sie ihm in seinem Büro gegenüber saß.

»Naja, eigentlich müssen wir uns ja nicht mehr groß darum kümmern, nachdem sich das Landeskriminalamt der Sache parallel angenommen hat. Jedenfalls, was den verschwundenen Herrn Safin betrifft. Allerdings wären die Herrschaften dort bestimmt nicht böse, etwas über diesen vermaledeiten Krankenwagen zu erfahren. Ich bin jetzt jedenfalls wieder dran. Sie erinnern sich an den tödlichen Unfall letzte Woche in Clausthal?«

»Natürlich. Klassischer Fall von zu schnellem Fahren in einem gefährlichen Bereich.«

»Jaja. Interessant ist der Typ, der da ums Leben gekommen ist. Ein gewisser Hermann Wutgerut aus Salzgitter. Erstens hat seine Frau nicht die geringste Ahnung, warum er mitten in der Nacht im Harz herumgefahren ist. Und zweitens weiß sie auch nicht, warum er eine Schaufel im Wagen hatte. Und drittens hat dieser Mann die Firma, in der er als Geschäftsführer tätig war, zwei Tage vor seinem Tod beim Registergericht liquidiert. Und das, obwohl sich die Bilanzen sehen lassen konnten. Man hat ordentlich Gewinn gemacht. Warum macht man solch eine Goldgrube dicht?«

Schneider schaute seine Mitarbeiterin gespannt an und wartete, dass sie fortfuhr.

»Ich habe mir die Firma mal genauer angesehen. Interessant ist, dass als einziger Gesellschafter dieser Firma eine Inco Investment GmbH aus Erfurt fungiert hat. Und dieser Laden wiederum gehört einem gewissen Michael Hansen aus Erfurt. Er war als russischer Soldat in der DDR, hat dann nach der Wende eine Deutsche geheiratet und auch deren Namen angenommen.«

»Moment, Gisela. Das geht mir jetzt alles zu schnell. Was war das für eine Firma, die dieser Herr Wutgerut liquidiert hat?«

»Der Laden hieß Gastro-Bedarf Niedersachsen GmbH. Die haben Restaurants beliefert, und zwar mit allem möglichen Krempel von der Serviette übers Tischtuch bis hin zu Putzmitteln. Also alles Sachen, die man überall preiswert kaufen kann. Nur diese Firma hat dafür enorme Preise genommen. Warum wohl?«

»Ich nehme an, Sie wollen andeuten, dass es sich hier um ein mafiöses Unternehmen gehandelt hat?«

»Richtig. Und wenn ich nun einen Schritt weitergehe und den Bogen zu unserem Herrn Hansen, der übrigens von allen, die ihn näher kennen, Ivan genannt wird, schlage, dann stelle ich folgendes fest: Ivan gehören etliche solcher Firmen, die mit wenig Leistung tolle Gewinne realisieren.«

»Aber was hat das mit unserem Krankenwagen beziehungsweise mit dem Verschwinden von Alexander Safin zu tun?«

»Nur Geduld. Ich war doch letzte Woche nochmal bei den Sauschlägers in Clausthal. Unser allseits geschätztes Fräulein Höschen kennt diese Leute ebenfalls. Und als sie sie kürzlich besucht hat, tauchte dort ein Mann auf, der sich ziemlich ungebührlich verhalten hat. Fräulein Höschen hat sich jedenfalls mit ihm angelegt und ihm eine geknallt.«

»Das glaube ich jetzt nicht«, sagte Schneider erstaunt.

»Glauben Sie´s ruhig. Und nun kommt das Beste: Die Sauschlägers besitzen ja zwei Restaurants in Salzgitter. Und ich garantiere Ihnen, wenn ich mir die Unterlagen dieser

Restaurants vornehme, dass ich dort auf Rechnungen der Firma Gastro-Bedarf Niedersachsen stoße.«

»Aber Sie wissen doch noch gar nicht, ob dieser Wutgerut der Mann war, der bei den Sauschlägers aufgetaucht ist und sich eine Ohrfeige von Fräulein Höschen eingefangen hat.«

»Aber genau das werde ich jetzt herausfinden. Ich habe ein Bild von Wutgerut und fahre damit zu Fräulein Höschen. Und wenn sie den Kerl identifiziert, dann stehe ich wieder bei den Sauschlägers auf der Matte.«

»Und wo ist die Verbindung zu dem Krankenwagen?«

»Wenn die Sauschlägers etwas mit diesem Mafiapack zu tun haben, dann haben sie da auch den Krankenwagen her. Und ich werde es aus ihnen herauskriegen. Und dann beschäftigen wir uns mit dem eigentlichen Bösewicht, mit Ivan.«

»Gisela, das ist alles etwas vage. Ich kann die ganzen Zusammenhänge, die für Sie offenbar selbstverständlich sind, noch nicht nachvollziehen. Also, fahren Sie ruhig zu Fräulein Höschen. Und wenn sie Wutgerut als den Mann identifiziert, dem sie bei den Sauschlägers eine geknallt hat, dann laden wir dieses reizende Ehepaar nochmal vor. Und dann sehen wir weiter. Also bitte immer einen Schritt nach dem anderen. Denn was nun ein meinetwegen mafiöser Restaurantbelieferer mit Mord und Entführung zu tun haben soll, das will sich mir nicht so einfach erschließen.«

Gisela hatte sich bei Lilly Höschen telefonisch angekündigt und wurde freundlich begrüßt:

»Hallo Gisela. Das ist ja schön, dass Sie mich mal wieder besuchen. Ich hoffe nur, dass es nicht wieder um Mord und Totschlag geht. Wenn Sie aufkreuzen, muss man ja immer mit dem Schlimmsten rechnen. Aber das bringt wohl

Ihr Beruf so mit sich.«

Nachdem der Redeschwall der alten Dame versiegt war, weil diese auch mal Luft holen musste, antwortete Gisela:

»Guten Tag, Fräulein Höschen. Ja, leider bin ich beruflich hier. Und das bedeutet, dass ich mal wieder Verbrecher jage.«

Lilly bot ihrem Gast Platz im Esszimmer an und servierte Kaffee. Als sie das Bild von Hermann Wutgerut sah, rief sie spontan: »Ja, natürlich. Das ist der Unhold. So ein ungehobelter Kerl! Was hat er denn auf dem Kerbholz?«

»Das weiß ich noch nicht. Auf jeden Fall ist er tot.«

»Tot? Das hat er jetzt davon. Bestimmt ist er vor Aufregung geplatzt.«

Gisela musste lachen und antwortete: »Nein, es war ein Autounfall. Wahrscheinlich ist er gefahren wie eine besengte Sau.«

»Na, das kann ich mir vorstellen. Bei den Sauschlägers ist er ja auch vorgefahren, als würde er vom Teufel verfolgt.«

So schnell wollte Lilly ihren Besuch nicht gehen lassen. Deshalb fing sie noch an, über Klaus zu sprechen. Was er für ein netter, gut aussehender Typ sei, vielleicht manchmal etwas zu sarkastisch, aber eben doch alles in allem ein toller Mann. Sie schloss dann mit den Worten: »Wenn ich noch mal jung wäre, dann würde ich ihn mir krallen.«

Zufrieden verließ Gisela Lautenthal und fuhr zurück nach Goslar. Dort berichtete sie kurz ihrem Chef und fuhr zusammen mit einem Mitarbeiter, der sich im Wirtschaftsbereich auskannte, nach Salzgitter. Dort ging sie Herrn Prokopka, dem Leiter der Sauschlägerschen Restaurants, auf den Nerv. Sie durchforstete die abgelegten Rechnungen und stellte fest, dass längere Zeit nichts mehr an die

Firma des Herrn Wutgerut gezahlt worden war. Seit die Sauschlägers die Restaurants übernommen hatten, war kein Geld mehr geflossen. Herr Prokopka konnte oder wollte zu dem Thema nicht viel sagen. Angeblich hatte sich früher der Inhaber mit diesem Lieferanten befasst. Und seit er als Geschäftsführer für die Sauschlägers tätig war, gab es keinen Kontakt mehr. Nur ganz am Anfang war mal jemand aufgekreuzt. Aber Prokopka hatte die Leute an Herrn Sauschläger verwiesen und dann nie wieder etwas gehört. Seltsam, dachte Gisela. Dann muss ich wohl morgen mal mit den Sauschlägers reden.

- 30 -

Es war einfach schleierhaft. Wo war Ludmilla? Michael Hansen, genannt Ivan, rätselte und fand keine plausible Antwort. Wutgerut konnte er nicht mehr fragen. Denn der war tot und begraben. Allerdings hatte nicht Ludmilla ihn liqudiert wie von ihm befohlen. Sondern er war an den Folgen eines ganz banalen Unfalls gestorben. Komisch waren nur der Todestag und der Ort. Der Unfall passierte in der Nacht, in der die Sauschlägers hätten verschwinden sollen. Und zwar in Clausthal, dem Ort, wo die Aktion hatte stattfinden sollen. Könnte es sein, dass Ludmilla sich abgesetzt hat, weil bei den Sauschlägers etwas schiefgegangen war? Diesen Gedanken verwarf er gleich wieder. Nicht Ludmilla. Sie hatte zu viel Angst vor ihm. Ob Wutgerut Ludmilla etwas angetan hatte? Nein. Er war nicht der Typ dazu. Und schon gar nicht bei Ludmilla. Die Frau war ihm haushoch überlegen. Aber was war mit den Sauschlägers? Warum hatte Ludmilla seinen Auftrag nicht ausgeführt? Ivan hatte keine Ahnung, wieviel die Sauschlägers wussten. Aber selbst wenn sie nur wenig wussten, waren sie doch eine wandelnde Zeitbombe. Sie mussten weg. Früher oder später würde die Polizei die Zusammenhänge herausfinden. Er durfte keine Zeit verlieren. Und er hatte keine Lust, sich auf jemanden zu verlassen, der dieses merkwürdige Ehepaar beseitigte. Es war zwar lange her, dass er selbst Hand angelegt hatte. Aber dieses Ding musste er persönlich durchziehen. So schnell wie möglich. Allerdings konnte er nicht einfach drauflos ballern. Sorgfältige Planung war das A und O bei seiner Arbeit. Nur auf diese Weise hatte er es so weit bringen können. Drei Tage für Planung und Durchführung sollten allerdings genügen.

Als Ivan in seinem Erfurter Büro saß und einen Plan schmiedete, bekamen die Sauschlägers wieder einmal Besuch von Kommissar Schneider und seiner Mitarbeiterin Berger. Gisela war dafür gewesen, sie nicht vorzuladen, sondern lieber einen Überaschungsbesuch zu machen, damit sie gar nicht erst auf den Gedanken kommen konnten, zu grübeln, worum es wohl ging und sich irgendeine Aussage zurechtzulegen. Nun saßen die Sauschlägers und die beiden Polizeibeamten im Wohnzimmer des Ehepaars, und Gisela holte das Foto von Wutgerut heraus:

»Wann haben Sie diesen Mann zum letzten Mal gesehen?«

Rita Sauschläger schaute ihren Mann verbissen an, was bedeutete, dass er die Klappe halten sollte. Sie würde die Sache übernehmen.

»Ach, dar Wutti, dieser alberne Kerrel. Das war neulich. Da issa hier aufgekreuzt wie ähn wildgeworner Handfächer. Es Lilly war gerade hier.«

»Sie meinen, Fräulein Lilly Höschen? Aha. Und was wollte der Mann von Ihnen?«

»Das, was er das örschte Mal, als er hier war, aach wollte. Mir solln den örngt son Krempel abkefen für unnere Kneipen. Aber das machen ma net.«

»Wie oft war er insgesamt bei Ihnen?«

Rita druckste herum, zog die Schultern hoch und sagte dann ganz vage: »So zwe-, dreimol. Aber mir ham mit dem nüscht zu tun. Die Geschäfte wern von unnerm Prokopka gemacht. Mir stecken uns da net rein.«

»Aber Sie haben doch den Krankenwagen von Herrn Wutgerut, stimmt´s?«

Rita Sauschläger erhob sich wie eine Furie und schnauzte Gisela an: »Jetzte ha ich aber es Scheißn dicke. Der hat mit den Kranknwaagn nüscht zu tun. Den ham ma gefunden. Das ham ma alles schon gesaacht. Verdammt nochemal und zugenäht! Lasst uns jetzte endlich mit dism dämlichn Krankenwaagn in Ruh!«

Während sich Gisela köstlich über den Sauschlägerschen Ausbruch amüsierte, klingelte es an der Tür. Hannes ging hin und riss die Tür auf. Zwei sehr gut gekleidete Männer mittleren Alters standen da. Freundlich lächelnd sagte einer von beiden: »Guten Tag. Wir würden uns gern mit Ihnen über die Bibel unterhalten.«

»Was wollt ihr? Ich glaub, ihr habt se net alle. Macht euch vom Hoff, sonst hetz ich meine Hunne auf euch, albernes Gesocks.«

Just in diesem Moment erschien der winzige Chihuahua in der Tür und fing an, die Besucher anzukleffen. Hannes knallte die Tür zu und ging zurück ins Wohnzimmer.«

»Die wollten sich mit uns über de Bibel unterhaltn. Ihr quatscht rum vom Kranknwaagn und die quatschen von dar Bibel. Langsam ha ich de Schnauze voll. Lasst uns doch gefällichst mal in Ruh mit euern ganzen Scheißdreck.«

»Das würden wir ja gerne tun«, antwortete Gisela.

»Das Problem ist nur, dass wir Ihnen die Sache mit dem gefundenen Krankenwagen nicht glauben.«

»Das is euer Probläm, net unners«, gab Rita zurück.

Nun mischte sich Kommissar Schneider ein:

»Etwas anderes: Kennen Sie einen Michael Hansen? Er ist auch bekannt unter seinem Spitznamen Ivan.«

Die Sauschlägers schauten sich fragend an, und Gisela wusste, dass sie wirklich keine Ahnung von Ivan hatten. Hannes schüttelte den Kopf und Rita sagte kurz angebunden: »Nä.«

»Dieser Ivan war der Chef des verstorbenen Herr Wutgerut.«

Rita entfuhr ein ungläubiges *He?* und ihr Mann fragte

völlig verwundert: »Dar Wutti is tot?«

»Oh, das wussten Sie noch gar nicht? Ja, er hatte einen Verkehrsunfall, und zwar hier in Clausthal. Sind Sie ganz sicher, dass er Sie nicht noch einmal besucht hat? Ich meine nach diesem Tag, als Fräulein Höschen hier war?«

»Nä.«

Diese Verneinung kam so ehrlich und spontan, dass der Kommissar und Gisela es ihnen abnahmen.

»Also«, fuhr Schneider fort, »wir waren bei Ivan stehengeblieben. Wenn Herr Wutgerut jetzt tot ist, dann könnte es sein, dass ein anderer den Kontakt mit Ihnen sucht. Zum Beispiel besagter Ivan. Wir halten ihn für gefährlich. Leider haben wir kein Bild von ihm. Sollten er oder irgend ein anderer sich bei Ihnen melden, weil er ähnliche Geschäfte mit Ihnen machen will wie Herr Wutgerut, dann rufen Sie uns sofort an. Das ist sehr wichtig. Vor allem für Sie. Ich kann mich nur noch einmal wiederholen: Diese Leute sind gefährlich. Und sollte zwischen Ihnen und Wutgerut noch irgend etwas anderes gelaufen sein, als das, was Sie uns erzählt haben, sind Sie in Gefahr. Sollte dieser Ivan oder irgend ein Fremder sich hier blicken lassen, müssen Sie sich sofort bei uns melden. Es mag sein, dass Sie mit Wutgerut zurechtgekommen sind, mit Ivan werden Sie das nicht.«

Diese Botschaft des Kommissars war bei Rita und Hannes Sauschläger angekommen. Es war ihnen anzusehen, dass sie sich Sorgen machten, was widerum Gisela in ihrer Annahme bestätigte, dass es da mehr gab, als die beiden zugaben. Aber nur aufgrund dieser Ahnung würde sie es nicht aus ihnen herauskriegen.

Als Rita und Hannes wieder allein waren, hatten sie ein mulmiges Gefühl. Offenbar hatten sie sich mit Leuten eingelassen, denen sie nicht gewachsen waren. Wutti hatte zwar nicht den Eindruck gemacht, als ob er ein Schwerverbrecher gewesen sei. Aber offenbar steckte doch wesentlich mehr dahinter als sie wussten. Wenn bloß dieser ominöse Ivan nicht auftaucht. Der Kommissar hatte ihnen regelrecht Angst gemacht. Trotzdem konnten sie der Polizei nicht sagen, was sich auf ihrem Grundstück verbarg. Sie wussten ja selbst nicht einmal, was da unter der Erde lag. Und sie wollten es auch gar nicht wissen.

»Am besten, mir packen morgn früh unnere Klamotten und de Kinner im Audo und fahrn örschtemal weg«, sagte Rita zu ihrem Mann. »Es sind ja noch Färjen. Wemma net da sind, kann aach nüscht passiern.«

Hannes druckste zwar etwas herum, aber er fand die Idee seiner Frau nicht schlecht. Bevor den Kindern noch etwas zustößt, dachte er, hauen wir lieber erst mal ab. Und in der Zwischenzeit wird sich vielleicht alles regeln. Dänemark, das wär´s doch. Wir mieten uns ein großes Ferienhaus in Dänemark.

Gerald Schneider setzte noch am selben Tag das LKA über den Stand der Dinge in Kenntnis. Am nächsten Morgen wollte ein Beamter aus Hannover kommen, um sich mit der Rolle des Hermann Wutgerut und vor allem mit Ivan intensiver zu beschäftigen.

- 31 -

Vladimir Schindler war inzwischen nicht untätig gewesen. Er hatte von London aus die besten Detektive der Szene organisiert, um herauszufinden, wer ihm nach dem Leben trachtete. Er ließ in Großbritannien, Deutschland und Russland ermitteln. Das Ergebnis war bisher negativ. Aber immerhin war mittlerweile relativ sicher, wer den Mordauftrag gegen ihn ausführen sollte: Ivan. So ein Schwein! Das sah ihm ähnlich. Erst kassiert er ein Vermögen von ihm für die Beseitigung von Alexander Safin. Und dann nimmt er den Auftrag an, ihn selbst ins Jenseits zu befördern. Allein der Umsicht seines Bodyguards war es zu verdanken, dass er noch lebte. Aber nun war Ivan ihm etwas schuldig. Er musste ihm verraten, wer ihm den Mordauftrag erteilt hatte. Am besten den Stier bei den Hörnen packen. Er beschloss, Ivan aufzusuchen. Ihn einfach zu überraschen. Ich habe mich nicht an die Spitze des Unternehmens lanciert, um mich umbringen zu lassen.

Für Ivan war klar, dass er sein bisheriges Leben aufgeben musste. Sein Kardinalfehler war gewesen, Ludmilla und Wutgerut zu erlauben, die Sauschlägers für ihn arbeiten zu lassen. Irgendwann würde die Polizei die Verbindung zu ihm entdecken. Er wusste nicht, was Wutgerut, dieser Idiot, den Sauschlägers erzählt hatte. Um den Schaden zu begrenzen, mussten sie weg. So schnell wie möglich. Und er würde sich erstmal absetzen. Geld genug hatte er in verschiedenen Regionen der Welt deponiert. Für die Veräußerung seiner Firmen im Gastronomiebereich hatte er eine Anwaltskanzlei autorisiert. Er würde beobachten, ob die Behörden in Deutschland etwas gegen ihn in der Hand hatten. Falls nicht, könnte er irgendwann zurückkommen.

Und wenn doch, dann würde er eben in den Ruhestand gehen und es sich in einem anderen Land behaglich machen. Aber heute nacht mussten erstmal die Sauschlägers weg.

Gisela kam eine halbe Stunde zu spät ins Büro. Gestern abend war ganz unverhofft Klaus aus Hannover vorbeigekommen. Die Nacht wurde entsprechend lang oder besser gesagt: kurz, was den Schlaf betraf. Klaus war schon um sieben Uhr wieder gefahren. Danach war sie noch einmal eingeschlafen. Mist, dachte sie, ausgerechnet heute, wo der Typ vom LKA kommt. Hoffentlich ist er noch nicht da. Zu spät. Als sie den Flur betrat, stieß sie fast mit dem LKA-Typen, Herrn Marschall, zusammen, der mit ihrem Chef und dem Polizeidirektor in Richtung Konferenzzimmer unterwegs war.

»Hallo, Frau Berger. Sie sind aber stürmisch heute morgen.«

»Guten Morgen, Herr Marschall.«

Sie nickte kurz in Richtung Polizeidirektor und Schneider und schloss sich den Herren an.

»Das ist alles sehr interessant«, sagte Marschall, ein smarter Typ von Anfang vierzig, »aber ich sehe nicht, dass wir aufgrund dieser dürftigen Fakten einen Durchsuchungsbefehl bei besagtem Ivan bekommen. Da brauchen wir schon etwas mehr. Ich werde gleich mal mit den Kollegen in Thüringen telefonieren. Erfurt ist doch in Thüringen?«

Typisch Wessi, dachte Gisela.

Nach ihrem Nicken fuhr er fort:

»Ich will mal hören, was gegen diesen Ivan dort vorliegt. Wenn er wirklich so eine große Nummer ist, die mit organisiertem Verbrechen in Zusammenhang gebracht wird, dann kann ich mir nicht vorstellen, dass er den Kollegen da unbekannt ist. Auf jeden Fall muss eine entsprechende Aktion sorgfältig vorbereitet sein. Solche Leute sind ja nicht blöd und dokumentieren ihre Verbrechen feinsäuberlich in den Akten. Ohne konkrete Anhaltspunkte, was wir eigentlich suchen, geht gar nichts. Und durch eine Vernehmung auf blauen Dunst würde man ihn erst recht vorwarnen.«

Natürlich hatte der LKA-Typ Recht. Etwas Konkretes hatte man gegen Ivan nicht in der Hand.

Marschall telefonierte eine Dreiviertelstunde mit dem LKA Thüringen. Er saß allein im Konferenzzimmer. Dann rief er Schneider und Gisela zu sich.

»Also, Kollegen, was mir die Leute in Erfurt erzählt haben, ist nicht ganz uninteressant. Man beobachtet Ivan schon eine ganze Weile. Er ist der einzige Gesellschafter diverser Firmen, die Gaststätten beliefern. Es gab ein paar Mal Hinweise, dass Kunden mit einigem Druck zu ihrem Glück gezwungen wurden. Aber bisher verlief immer alles im Sand. Entweder diese Firmen beziehungsweise deren Mitarbeiter wurden nicht angezeigt oder man hat klein beigegeben und Rechnungen von aufgebrachten Kunden wieder storniert. Einer hat mal ausgesagt, dass er bedroht worden sei. Aber dann war doch alles nicht so schlimm. Das riecht doch sehr nach organisiertem Verbrechen. Dann hatte Ivan Mitte der 90er Jahre auch noch ein Krankentransportunternehmen in der Nähe von Halle... «

»Krankentransport Halle-Land e.V.«, brüllte Gisela und sprang auf.

»Jetzt haben wir dich am Arsch, Ivan!«

Die beiden Männer schauten erstaunt auf und Marschall sagte freundlich: »Ich liebe begeisterungsfähige Kollegen. Nun, jedenfalls hat er das Unternehmen dann wieder dicht gemacht, nachdem man festgetellt hatte, dass es alles andere als gemeinnützig war. Die Geschäftspraktiken erinnern eher an einen unerbittlichen Kampf. Ich frag mich nur, wie man so blöd sein kann, im Namen dieses ehemaligen Unternehmens aufzutreten. Aber das war wohl nicht Ivans Idee. Wahrscheinlich hat der mit dem Kauf des Krankenwagens betraute Mitarbeiter sich nichts dabei gedacht.«

- 32 -

Rita und Hannes Sauschläger waren von ihrer Idee, einfach zu verreisen, so begeistert, dass Sohn Axel im Internet nach einem freien Ferienhaus suchen musste. Als man schließlich ein passendes Domizil gefunden hatte, das ab sofort frei war, machten sie den Mietvertrag perfekt und ließen sich eine Buchungsbestätigung in doppelter Ausführung ausdrucken, eine zum Mitnehmen und eine für die Unterlagen zu Hause. Am nächsten Morgen sollte es losgehen. Ganz euphorisch rief Rita:

»Scheiße, ich ha käne Lust mehr. Mir packen jetzte unnern Krempel und fahrn los. Warum solln ma denn bis morgn wartn?«

Die Kinder waren begeistert. Alle rannten im Haus herum und suchten die Sachen zusammen, die mitgenommen werden sollten. Selbst die Hunde ließen sich von der Aufbruchstimmung anstecken und zerrten Sachen aus den Schränken. Als das Auto vollgepackt war, stellten die Sauschlägers fest, dass kein Platz mehr für acht Personen, zwei Hunde und eine Katze war. Also wurde wieder ausgepackt. Jeder hatte sein Kontingent zu reduzieren, wenn auch unter Protest. Dann ging Hannes systematisch an die Sache heran. Zum Schluss war noch ein Koffer mit Unterwäsche und Socken übrig, der absolut nicht hineinpassen wollte. Also stopfte Hannes die Einzelteile in jeden noch so kleinen Hohlraum. Der sperrige Koffer selbst blieb zu Hause. Am Abend machte man sich schließlich auf den Weg Richtung Skagerak.

Um drei Uhr nachts erreichte Ivan das Grundstück der Sauschlägers. Den Wagen ließ er ein Stück weit von den Gebäuden entfernt stehen, da er niemanden aufwecken wollte. Er musste sich erst einmal orientieren, welches Gebäude wohl das Wohnhaus war. Es konnte nur das mit der großen Terrasse sein. Alles andere sah selbst bei Mondlicht so schauderhaft aus, dass dort wohl niemand wohnen würde. Mit wenigen Handgriffen hatte er, nahezu lautlos, die Haustür geöffnet und schlich hinein. Es war totenstill. Anscheinend schlief die ganze Familie tief und fest. Und einen Hund gab es auch nicht. Er ging die steile Treppe hinauf, die leicht knarrte. Er öffnete die erste Tür rechts. Das Zimmer war leer. Das Zimmer gegenüber war auch leer. Weiter, Tür auf, leer. Vier Kinderzimmer, ein Elternschlafzimmer, alles leer. Die Familie war ausgeflogen. Zum ersten Mal seit Jahren ließ er ganz leise ein paar russische Schimpfwörter los. Wo war dieses Gesindel? Dann machte er Licht und durchsuchte Zimmer für Zimmer. Auf einem Schreibtisch fand er eine Buchungsbestätigung für ein Ferienhaus. Man hatte ab heute ein Haus am Skagerak im Norden Dänemarks gemietet. Als er die Adresse las, lächelte Ivan. Etwas Besseres hätte ihm gar nicht passieren können. Ein Ehepaar, das im Urlaub einem Raubmord zum Opfer fällt, ist ja so unverfänglich. Also ab nach Dänemark.

Der Kontakt zwischen dem LKA-Mitarbeiter, der zur Zeit in Goslar weilte, und dem LKA Thüringen lief auf Hochtouren. Gisela wurde ungeduldig und bombardierte Marschall.

»Worauf warten Sie denn eigentlich? Auf bessere Zeiten? Oder bis Ivan alles Belastende beiseitigt hat und sich dann aus dem Staub macht?«

»Liebe Frau Kollegin, es nützt gar nichts, loszuschlagen, ohne zu wissen, wonach man eigentlich sucht. Abgesehen davon müssen wir der Staatsanwaltschaft in Erfurt wirklich etwas zu bieten haben, um Ivans Bude auf den Kopf zu stellen. Die Kollegen dort arbeiten auf Hochtouren.«

»Aber es kann doch kein Zufall sein, dass dieser Krankentransport Halle-Land beim Kauf des ominösen Krankenwagens genannt wurde. Das stinkt doch zum Himmel.«

»Jeder Idiot hätte diesen Namen nennen können. Das ist nicht der geringste Beweis. Der Staatsanwalt lacht sich tot, wenn wir damit kommen, um bei einem mutmaßlichen Mörder und Entführer eine Hausdurchsuchung zu machen. Ivan läuft uns bestimmt nicht weg. Warum sollte er, wenn er doch gar nicht ahnt, dass wir gegen ihn ermitteln?«

»Ach, Scheiße!«

»Da haben Sie zweifellos Recht. Aber es ändert nichts«, gab Marschall schmunzelnd zurück.

- 33 -

Am Skagerak schien die Sonne. Die Sauschlägers hatten ein wunderschönes, großes Haus in einer traumhaften Lage in Beschlag genommen. Die Dünenlandschaft, in der sich das Haus befand, war einfach herrlich. Und es war einsam. Man hatte nichts mit irgendwelchen Nachbarn zu tun, die sich an dem Treiben von sechs Kindern und zwei Hunden störten.

Man war die Nacht durchgefahren und hatte dann auf einem Parkplatz bei Skagen ein paar Stunden im Auto geschlafen. Anschließend machten die Sauschlägers einen Bummel durch den kleinen Ort und nahmen am Hafen ein ausgiebiges Frühstück ein. Dann fuhr man zum Zielort, übernahm das Haus, packte aus, und die Kinder rannten mit den Hunden zum Strand. Rita und Hannes setzten sich an den Esstisch und tranken einen Kaffee. Sie waren so froh, dass sie hier waren. Die Polizei mit ihrer Fragerei konnte ihnen erst mal den Buckel runterrutschen. Wutti war tot und würde sie nie wieder belästigen mit dem dämlichen Löcherbuddeln. Und sollte irgend ein anderer auftauchen, der dies von ihnen verlangte, würden sie genau das machen, was sie schon mit den Mitarbeitern von Wutti gemacht hatten, sie einfach vom Grundstück jagen, wenn es sein musste, auch ohne Klamotten. Beide hatten die gleichen Gedanken, und Hannes fasste es unvermittelt in Worte: »Ihr könnt mich alle mal am Marsch lecken!«

»Mich aach«, stimmte ihm seine Frau zu.

Ivan erreichte Skagen, nachdem die Sauschlägers sich bereits auf den Weg zu ihrem Ferienort gemacht hatten. Auch er bummelte am Hafen entlang und kaufte sich ein Krabbenbrötchen und einen Kaffee. Er hatte gute Laune.

Dann setzte er sich wieder ins Auto und gab in sein GPS den Zielort ein, den er auf der Buchungsbestätigung der Sauschlägers gefunden hatte, und die Straße: Strandvej 6. So, jetzt zum Endspurt.

Das Ehepaar Rypdal aus Norwegen war am vorigen Abend angereist und hatte es sich in dem Ferienhaus in den Dünen gemütlich gemacht. Man hatte ausgeschlafen, und Herr Rypdal hatte Frühstück gemacht und beschäftigte sich mit der Zeitung von gestern. Seine Frau genoss den frisch aufgebrühten Kaffee und ließ Honig auf ihren Toast tropfen.

Als Ivan das Haus am Strandvej erreichte, war er ganz beglückt, wie einsam es lag. Völlig von Dünen umgeben, konnte niemand ahnen, dass es dieses Haus überhaupt gab. Hier würde er keine Probleme haben, sein Werk zu vollenden. Er schraubte den Schalldämpfer auf seine Waffe, steckte sie in seine Jacke und ging die fünfzig Meter vom Weg zum Haus. Von den Kindern keine Spur. Bei dem Wetter waren sie bestimmt schon am Strand. Die Terrassentür war offen. Am Esstisch saßen ein Mann und eine Frau, die leise miteinander plauderten. Er betrat das Zimmer, als der Mann gerade seinen Blick von der Zeitung zu ihm wandte. Ivan zog die Pistole und schoss ihm zweimal in den Kopf. Die Frau starrte zuerst ihren Mann an, dann Ivan. Ehe sie nur einen Laut von sich geben konnte, hatte auch sie zwei Schüsse im Kopf und kippte auf den Tisch. Ivan suchte rasch im Wohnzimmer und im Schlafzimmer nach Wertgegenständen. Er fand eine Handtasche mit Geldbörse und eine Brieftasche mit Geld, Kreditkarten und Papieren. Beides steckte er, ohne es sich näher anzusehen, ein und ging zurück zum Auto. Na, so ein Glück, dass die Kinder nicht da waren, dachte er. Er stieg in sein Auto und fuhr ganz gemächlich über den sandigen Weg zurück zu Straße. Nach einer Stunde hielt er auf einem Parkplatz, steckte die gestohlenen Gegenstände in eine Plastiktüte und warf sie in einen Abfallkontainer. Dann fuhr er ganz gemütlich gen Süden. Besser hätte es nicht laufen können. Als im Radio Louis Armstrongs *What a wonderful world* gespielt wurde, sang er mit.

Am Abend herrschte im Ferienhaus der Sauschlägers eine Ruhe, wie Rita und Hannes sie angesichts ihrer lärmenden Kinderschar nur selten erlebt hatten. Die lange Fahrt in der Nacht und der Tag am Strand hatte die Kinder offenbar so müde gemacht, dass sie in ihren Betten lagen und tief und fest schliefen. Nur der achtzehnjährige Axel klimperte noch auf seinem Laptop herum. Die Eltern hatten es sich im Wohnbereich gemütlich gemacht und empfingen per Satellit ein deutsches Fernsehprogramm, als Rita sagte:

»Da ham ma aber ähn Glück gehabt, dass se uns net das Haus gegäm ham, dass ma gemietet ham. Dis Haus is ja noch viel größer. Und denn noch zum selbn Preis.«

Die beiden konnten natürlich nicht ahnen, dass sie dem Umstand, dass der Vermieter kurzfristig umdisponieren musste, ihr Leben verdankten.

Am nächsten Tag kamen zwei uniformierte Polizisten, eine Frau und ein Mann, zu den Sauschlägers und fragten in gutem Deutsch, ob sie irgend etwas Ungewöhnliches bemerkt hätten. In einem anderen Ferienhaus, etwa fünfhundert Meter von hier, sei gestern ein Verbrechen geschehen. Völlig verwundert verneinten die Sauschlägers.

Die Polizistin sagte beim Weggehen zu ihrem Kollegen: »Und ich dachte immer, dass ich ganz gut Deutsch kann. Aber diese Leute kann ja wirklich kein Mensch verstehen. Wahrscheinlich sind es Einwanderer.«

Währenddessen meinte Rita zu ihrem Mann:

»Da denkt ma nu, man is am Arsch dar Welt, und hier passiert nüscht. Und denn komme de Bolezisten und quatschen von Verbrachen.«

»De Welt is schlecht«, war die Antwort ihres Mannes.

- 34 -

Vladimir Schindler saß in seinem Londoner Büro und grübelte darüber nach, wie er mit Ivan verfahren sollte. Natürlich könnte er der Polizei Hinweise geben, was der Kerl auf dem Kerbholz hatte. Die würden schon genug Beweise finden, um ihn hopps zu nehmen. Aber möglicherweise würde er plaudern und dann käme heraus, dass er selbst den Mordauftrag an Alexander Safin erteilt hatte. Ein Überraschungsbesuch in Erfurt wäre wahrscheinlich besser. Dann könnte er ihm gleich die Pistole auf die Brust setzen. Er musste einfach wissen, wer ihm nach dem Leben trachtete. Eine andere Sache war, dass diese lästige Zecke Gisela Berger von der Kripo ständig nach ihm fragte. Er konnte sich nicht länger verleugnen lassen, wenn er sich nicht verdächtig machen wollte. Gisela Berger hatte längst herausbekommen, dass sein Bodyguard den Typen in Thale erschossen hatte. Schließlich beschloss er, den Stier bei den Hörnern zu packen. Er würde nach Goslar fahren und dort das von der Polizei gewünschte Gespräch führen. Anschließend könnte er sich mit Amadeus Besserdich treffen, um über die Geschäfte zu sprechen. Und danach würde er nach Erfurt reisen und Ivan einen Besuch abstatten. Schließlich griff er zum Telefon und rief Gisela Berger an, um ihr mitzuteilen, dass er morgen nach Goslar kommen würde.

Am Abend kam Gisela eine Idee. Ihr war klar, dass Vladimir Schindler morgen nicht mit offenen Karten spielen würde. Aber wenn Amadeus ihn auf das anspräche, was damals in Thale passiert ist, würde er vielleicht etwas offener sein. Noch besser wäre es, wenn sie das Gespräch mithören könnte. Wenn Amadeus mitspielte, würde sie bestimmt die Genehmigung zur Observierung bekommen. Wenn Ivan etwas mit dem Verschwinden Safins zu tun hatte, wovon sie überzeugt war, dann hatte er auch etwas mit dem Toten von Thale zu tun. Vielleicht wollte er ja Vladimir Schindler auch umbringen. Kurzentschlossen machte sie sich auf den Weg, um die Sache mit Amadeus zu besprechen.

»Ja, ich habe morgen im Büro einen Termin mit Vladimir Schindler. Er wollte morgen am frühen Abend hier vorbeikommen, damit wir über einiges reden können«, bestätigte Amadeus.

»Das trifft sich gut. Bei uns ist er mittags. Kannst du es so einrichten, dass ich mit einem Kollegen nachmittags kommen kann? Dann würden wir uns dort so einrichten, dass wir das Gespräch mithören können. Und du müsstest ihn unbedingt ganz vertraulich auf das ansprechen, was an dem Tag in Thale passiert ist. Am besten, du sagst ihm auf den Kopf zu, dass du vermutest, dass er, Vladimir, das eigentliche Mordopfer sein sollte. Vielleicht lässt er dann in einem Gespräch unter vier Augen die Katze aus dem Sack. Im besten Fall kann er uns mit seinem Wissen zu dem Mörder von Alexander Safin führen.«

Amadeus schaute recht verdutzt und entgegnete:

»Gisela, ich habe gerade das Gefühl, dass du mich ziemlich überforderst. Ich bin kein Kriminalist. Außerdem ist er ein Kunde. Mir ist nicht wohl, ihn auszuspionieren.«

»Tu einfach, was ich dir sage. Dann kann nichts schiefgehen. Und was deine Skrupel angeht: hier handelt es sich um Mord.«

Amadeus schaute etwas bedeppert drein und nickte dann zögerlich.

Anschließend rief sie ihren Chef zu Hause an, um ihm ihre Idee zu verkünden. Dieser telefonierte mit dem Staatsanwalt, der sich um die rechtliche Absicherung der Aktion kümmern sollte.

Das Gespräch mit Vladimir Schindler lief genau so, wie Gisela es erwartet hatte. Vladimir war nett und freundlich und entschuldigte sich tausendmal, dass er nicht eher kommen konnte. Wo sich sein ehemaliger Bodyguard aufhielt, konnte er nicht sagen. Dieser hatte kurz nach dem letzten Deutschlandbesuch gekündigt und sei vermutlich ins Ausland gegangen. Und er konnte sich natürlich auch nicht vorstellen, dass ihm jemand nach dem Leben trachtete. Von einem gewissen Ivan hatte er noch nie etwas gehört. Sie wusste, dass es eine Lüge war. Und Schneider, der bei dem Gespräch anwesend war, sich aber zurückhielt, wusste es auch. Alles nur blablabla. Aber das war Gisela egal, denn sie setzte auf das Treffen zwischen ihm und Amadeus. Und sie wollte ihn auch nicht allzu sehr verunsichern. Deshalb ließ sie ihn in dem Glauben gehen, dass sie mit seinen Auskünften zufrieden sei.

Als er gegangen war und sie aus dem Fenster schaute, stellte Gisela fest, dass der Kerl wohl erhebliche Angst um sein Leben haben musste. Sie machte allein vier Bodyguards aus und zwei Chauffeure, die je eine gepanzerte Limousine fuhren. So ein Arschloch, dachte sie.

Am Nachmittag machten sich Gisela, ihr Chef und ein Techniker auf den Weg zu Beermann Consult, um das Büro von Amadeus für die Observierung vorzubereiten. Amadeus hatte die beiden Sekretärinnen nach Hause geschickt, weil sie nichts von der Aktion mitkriegen sollten. Für den Techniker war es ein Klacks, alles zu installieren. Das Equipment hatte er oben auf die Treppe zum Dachboden gestellt. Nach einer Stunde konnte er wieder gehen und Gisela und den Hauptkommissar allein lassen.

»Und wo halten wir uns auf?«, fragte Gerald Schneider.

Gisela schaute nach oben: »Wie wäre es mit dem Dachboden?«

»Ich war noch nie da oben. Aber warum nicht?«, meinte Amadeus.

»Gehen wir doch einfach hoch. Der Techniker hat das Zeugs sowieso vor die Tür zum Dachboden gestellt«, antwortete Gisela.

Die Tür war nicht abgeschlossen. Warum der Techniker die Sachen nicht gleich hineingetragen hatte, war ihr ein Rätsel. Auf dem Dachboden konnte man sich nur geduckt bewegen. Schneider ging voran, um eine geeignete Stelle zu suchen. Der große Raum war nur von einer funzeligen Birne beleuchtet.

»Chef, Sie sollten nur auf den Balken gehen. Die Zwischenräume bestehen wahrscheinlich nur aus dünnen Platten,« mahnte Gisela.

»Ganz so blöd wie Sie immer meinen, bin ich ja auch nicht, Gisela.«

Er hatte es kaum ausgesprochen, da gab es einen Knall, und der Hauptkommissar versackte mit einem Ruck im Boden. Gisela schrie auf. Von Schneider sah man nur noch Kopf und Schultern. Die Arme hatte er lang auf die Bodenplatten gestreckt. Der Rest seines Körpers hing in der Luft.

»Ich gehe nach unten und schaue, was ich von da aus machen kann«, sagte Amadeus.

Als er sein Zimmer erreichte, traute er seinen Augen nicht. Der arme Schneider hing direkt über dem Tisch seiner Sitzecke. Stuhl, dachte er, ich muss einen Stuhl auf den Tisch stellen, damit der Kommissar stehen kann. Gesagt, getan. Hervorragend.

»Wo stehe ich denn jetzt«, rief Schneider.

»Auf einem Stuhl auf meinem Tisch«, brüllte Amadeus

zurück. Dann ging er wieder auf den Dachboden. Er balancierte auf einem Balken zu Schneider und sagte:

»Jetzt müssen wir das Loch in der Platte vergrößern, damit Sie unten raus können.«

»Wäre es nicht besser, wir stellen uns rechts und links auf einen tragenden Balken und ziehen ihn oben heraus?«, war Giselas Vorschlag.

»Das schafft ihr nie, so fest, wie ich hier eingeklemmt bin.«

»Ich hole Werkzeug und vergrößere das Loch unten. Gisela, du musst mitkommen und deinen Chef von unten festhalten, damit er nicht stürzt, wenn das Loch groß genug ist.«

Es dauerte eine Viertelstunde, bis Amadeus im Keller ein paar Werkzeuge gefunden hatte. Wieder in seinem Büro, wusste er nicht, wie er es anstellen sollte. Wahrscheinlich muss ich die Platte erst mal von oben mit dem Hammer locker schlagen. Er sehnte sich insgeheim seinen Schwiegervater herbei. Der wüsste sofort, was zu tun war. Also wieder die Treppe hoch und vorsichtig auf dem Balken zu Herrn Schneider balanciert, der ihn argwöhnisch anschaute. Dann haute Amadeus ein paar Mal mit dem Hammer auf die Platte. Schneider verzog das Gesicht. Offenbar hatte er durch die Pressur mittlerweile Schmerzen.

»Tut es weh?«, fragte Amadeus.

»Geht so. Was viel schlimmer ist, ich muss mal. Ich glaub´, mir platzt gleich die Blase.«

Sie hörten von unten ein Lachen und Gisela brüllte zur Decke: »Ich mach Ihnen die Hose auf und halte einen Papierkorb drunter.«

Ganz weiß im Gesicht, brüllte Schneider zurück: »Sie fassen meinen Schwanz nicht an!«

Wieder Giselas haltloses Gelächter.

»Ich gehe runter und mach das«, sagte Amadeus.

Als Amadeus unten war, rief er zur Decke: »Ich hole jetzt Ihren Little Joe raus und halte den Papierkorb darunter.«

»Gisela soll sich umdrehen oder besser noch rausgehen.«

»Mein Gott, sind Sie schamhaft«, rief diese zurück.

Als Amadeus die Hose des Hauptkommissars aufgefummelt hatte, bückte er sich nach dem Papierkorb und sagte: »Einen Moment noch, damit Sie mir nicht ins Gesicht pinkeln.«

Jetzt musste auch der Kommissar lachen und in einem kräftigen Strahl entlud er sich, haarscharf an Amadeus´ Gesicht vorbei. Was da in den leeren Papierkorb strömte, hörte sich eher an wie ein Pferd, das sich erleichterte. Schnell verstaute Amadeus alles wieder in der Hose des Kommissars, und dann passierte es. Mit einem lauten Krach gab die Deckenplatte nach und Gerald Schneider, der kurz die Beine angezogen hatte, flog durch die Decke. Zuerst saß er für eine halbe Sekunde auf dem Stuhl, dann kippte er vornüber auf das Sofa und blieb dort liegen. Gisela war in zwei Sprüngen bei ihm und fragte besorgt:

»Alles in Ordnung, Schneiderlein?«

Es war soweit alles in Ordnung. Er hatte zwar ein paar Schrammen und Quetschungen davongetragen. Aber das war nicht so schlimm. Dann rief er den Techniker an, damit dieser schnellstens ein anderes Zimmer präparierte. Man entschloss sich für Herrn Wiebes Büro, der heute nicht da war. Schneider und Gisela hielten sich im Zimmer nebenan auf, als Vladimir Schindler kam.

Das Gespräch zwischen Amadeus und seinem Kunden aus London verlief sehr harmonisch. Zunächst ein bisschen

Schönwetter; dann ging man zum Geschäftlichen über. Im Grunde gab es hier nicht viel zu sagen. Amadeus konnte nur bestätigen, dass alles nach Plan liefe, dass es in Kanada keine Probleme gäbe und dass man in absehbarer Zeit mit guter Rendite rechnen könne. Vladimir Schindler schien zufrieden. Dann schnitt Amadeus ein anderes Thema an: »Liegt Ihnen eigentlich noch unsere Wanderung nach Thale im Magen? Ich meine, das muss Ihnen doch zu denken gegeben haben. Zuerst wird Ihr Chef entführt und dann treffen wir bei einer harmlosen Wanderung auf eine Leiche. Kann das Zufall sein?«

Vladimir zwang sich ein gequältes Lächeln ab und sagte: »Ich habe mir den Kopf zerbrochen und nichts Greifbares gefunden. Ich kann mir nur vorstellen, dass jemand nicht nur meinen Chef Alexander Safin weg haben wollte, sondern das ganze Unternehmen. Es ist dem Entführer oder Mörder von Safin nicht gelungen, das Unternehmen kaputt zu machen, weil ich da bin. Deshalb versucht man, mich auch wegzukriegen. Aber ich habe natürlich keine Ahnung, wer dahinter steckt. Und weiß nicht mal, ob der Tote von Thale mit einem Anschlag auf mich in Zusammenhang steht. Wenn mich allerdings jemand umbringen will, kriege ich es heraus. Ich habe längst veranlasst, nach den Übeltätern zu suchen. Und ich sage Ihnen ganz im Vertrauen: ich bin nahe dran. Ich kämpfe um mein Leben, und ich kämpfe um die Firma.«

Mit solch einem Redeschwall hatte Amadeus gar nicht gerechnet. Gisela und ihr Chef, die im Nebenzimmer alles mithörten, sahen sich zufrieden an.

»Übernachten Sie heute in Goslar?«, wollte Amadeus wissen.

»Nein, ich reise heute abend noch weiter. Ich habe morgen einen Termin in Erfurt.«

Nun schrillten bei Schneider und Gisela alle Alarmglocken. Das konnte nur eines bedeuten: Ivan. Schneider nickte seiner Mitarbeiterin anerkennend zu.

Heute kam der Mann relativ heiter in das Verlies. Er hatte eine Flasche Wodka mitgebracht und verkündete, dass er in wenigen Tagen frei sein würde. Und wie sollte das vonstatten gehen? Ganz einfach, antwortete er: Ich muss dich wieder betäuben, damit du nicht weißt, wo du bist. Dann bringe ich dich mit dem Auto an einen Ort, wo du aufwachen kannst. Und dann bist du frei. Ich werde dann über alle Berge sein. Und woher weiß ich, dass du mich nicht umbringst? Wozu sollte ich das tun? Das einzige, was du von mir kennst, ist mein Aussehen. Glaubst du wirklich, dass ich aufgrund meines Aussehens unter den sieben Milliarden Menschen, die es auf der Welt gibt, zu identifizieren bin? Außerdem, lass dir eines gesagt sein: Falls du versuchst, mir nachzustellen, wirst du keine Freude daran haben. Ich habe bis jetzt alle Aufträge erledigt, auch die schwierigsten. So gut, dass ich dich nicht kriegen würde, kannst du dich gar nicht bewachen lassen. Du zahlst mir die restlichen vier Millionen und lässt mich in Ruhe. Dann lasse ich dich in Ruhe. Das war eine Sprache, die beide verstanden.

- 35 -

Am Abend kam Amadeus heiter beschwingt nach Hause. Er erzählte Marie zwar nicht in allen Einzelheiten, warum Gisela und der Kommissar bei ihm waren. Aber er musste einfach die tolle Story loswerden, als Gerald Schneider durch die Decke des Dachbodens gebrochen war. Als er bei der schwachen Blase des Kommissars angekommen war und wie man dieses Problem bewältigt hatte, brach Marie schließlich in ein fast hysterisches Gelächter aus. Ganz am Ende seiner Schilderung, als sich Marie wieder einigermaßen beruhigt hatte, sagte Amadeus:

»Ist das nicht herrlich? Zum ersten Mal in meinem Leben bin nicht ich der Clown. Es ist einem anderen passiert. Vielleicht ist jetzt so eine Art Knoten geplatzt.«

»Daran glaube ich noch nicht«, gab Marie skeptisch zurück.

Als Gisela und ihr Chef wieder in der Dienststelle waren, informierten sie Herrn Marschall vom LKA, der heute in Hannover war. Er sagte zu, sofort zu kommen. Am späten Abend telefonierte man noch mit dem LKA in Erfurt. Die Tatsache, dass Vladimir Schindler nach Erfurt kommen wollte, konnte nur bedeuten, dass er sich mit Ivan treffen würde. Die Kollegen in Erfurt veranlassten, dass Ivans Haus bereits in der Nacht observiert werden sollte. Wahrscheinlich würde Vladimir erst morgen zu ihm kommen. Dann wären auch Marschall, Schneider und Gisela dort. Man verabredete, dass man Vladimir und Ivan mindestens eine Stunde in Ruhe miteinander reden lassen wollte. Dann, oder wenn Vladimir das Haus früher verlassen sollte, wollte man zugreifen. Man hatte einen Durchsuchungsbefehl. Beide Männer würde man erst einmal festsetzen und sie dann einer eingehenden Befragung unterziehen.

»So, liebe Kollegen, ich schlage vor, wir gehen jetzt noch ein paar Stunden schlafen. Und morgen früh um sechs fahren wir zusammen nach Erfurt«, sagte Marschall.

»Noch früher geht es wohl nicht?«, war Giselas Kommentar, die schon Schwiergkeiten hatte, um sieben aus dem Bett zu kommen.

Währenddessen saß Ivan in seiner kostbar eingerichteten Wohnung in Erfurt. Er war zufrieden. Die Sauschlägers waren beseitigt. Und damit das einzige größere Risiko, das ihn in Verbindung mit der Beseitigung unangenehmer Zeitgenossen hätte bringen können. Nun wollte er alles in Ruhe angehen lassen. Niemand trieb ihn mehr. Vielleicht würde er in einer Woche ins Ausland reisen und dort in Ruhe die weiteren Entwicklungen abwarten. Wahrscheinlich würde kein Mensch auf die Idee kommen, dass er etwas mit irgendwelchen Verbrechen zu tun hatte. Eine akute Gefahr bestand jedenfalls nicht.

Er goss sich ein Glas Wasser ein, zündete sich eine Dreißig-Euro-Zigarre aus Kuba an und blätterte in der Zeitung. Dann wurde er blass: Norwegisches Ehepaar in Dänemark ermordet... Skagerak... je zwei Kofpschüsse... Raubmord...

Wieso *norwegisches Ehepaar*? Er konnte es nicht fassen. Er hatte die Falschen umgebracht. Die Sauschlägers, die er ja nie gesehen hatte, erfreuten sich also bester Gesundheit. Er brauchte gar nicht lange zu grübeln, sondern fasste den Entschluss, seine Abreise voranzutreiben. Spätestens übermorgen musste er weg sein. Es war nur eine Frage der Zeit, bis die Sauschlägers, dieses wandelnde Risiko in Menschengestalt, sich verquatschen würden.

Amadeus hatte gute Laune und wollte Marie heute zum Abendessen ausführen. Man entschied sich für ein Restaurant in der Altstadt. Da es gerade anfing zu nieseln, konnte man nicht draußen sitzen. Sie betraten die Gaststube und fanden nur noch Platz auf der Bank an der Wand. Es war alles etwas eng. Marie sagte leise:

»Deine Hose ist auf.«

»Oh, tatsächlich,« stellte Amadeus fest und zog den Reisverschluss hoch. Im selben Moment quetschte sich eine Frau mit wallendem weißem Rock vorbei und das Malheur war perfekt. Amadeus hatte den Rock der Frau in seiner Hose fest verankert. Der Reisverschluss ging weder hoch noch runter. Die Frau setzte sich an den Nachbartisch, aber auf dieselbe Bank, auf der auch Amadeus saß.

»Entschuldigung, ich glaube, Ihr Rock ist in meiner Hose.«

»Oh Gott, wie kommt der denn da rein? Ziehen Sie doch den Reisverschluss mal hoch und runter«, sagte die Frau, eine rasante Schwarzhaarige.

»Geht nicht. Der Stoff blockiert alles. Mist!«

Marie versuchte zu helfen. Mittlerweile gafften die Leute, was die beiden Frauen da an Amadeus´ Hose zu fummeln hatten. Der Begleiter der Schwarzhaarigen, ein blonder Jüngling mit Milchbubigesicht, schüttelte ärgerlich mit dem Kopf. Schließlich wurde es Amdeus zu bunt:

»Schluss jetzt! Hört auf, an meinem Hosenschlitz herumzufummeln.«

Immer mehr Gäste schauten interessiert herüber. Der Kellner kam und kratzte sich fragend am Hinterkopf, bis er schließlich sagte: »Kommen Sie doch mit nach hinten. Da gebe ich Ihnen eine Schere.«

Amadeus und die Schwarzhaarige erhoben sich; sie ging vor und er dicht hinter ihr mit dem Rock in seinem

Hosenschlitz. Dann folgten Marie und der Milchbubi. Alle Gäste schauten zu, einige lachten, andere schüttelten mit dem Kopf. Auf dem Flur versuchte die Schwarzhaarige es dann mit Gewalt. Der Rock riss ein wenig ein, ebenso wie Amadeus´ Hose. Schließlich reichte der Kellner Amadeus eine Schere, damit er sich befreien konnte.

Die Schwarzhaarige schaute ihren demolierten Rock an und fing an zu lachen. Marie lachte mit, nur Milchbubigesicht sagte ziemlich laut: »Für den Schaden kommst du natürlich auf.«

»Und wer kommt für meine kaputte Hose auf, du Schlaumeier?«

»Dann such dir schon mal einen guten Rechtsanwalt.«

»Ich bin ein guter Rechtsanwalt. Hier hast du meine Karte.«

Jetzt mischte sich die Schwarzhaarige ein:

»Meine Güte, nun seid doch nicht so humorlos. Ich weiß nicht, wer Schuld ist. Wahrscheinlich beide. Ich kaufe mir einen neuen Rock und du dir eine neue Hose.«

Und an Milchbubi gerichtet: »Und du steckst dich gefälligst nicht in meine Angelegenheiten.«

»Halt die Klappe!«, schmetterte dieser zurück.

Es endete damit, dass die Schwarzhaarige sich höflich von Marie verabschiedete und dann laut streitend mit dem Milchbubi das Restaurant verließ.

Amadeus sagte: »Ich gehe nicht mehr ins Restaurant. Ich schäme mich vor den Leuten in Grund und Boden.«

Also verließen sie das Haus durch den Hinterausgang, Amadeus leise fluchend mit offener Hose, aus der ein Stück Rock heraushing, und Marie von Lachanfällen geschüttelt. Um die Situation noch mehr auszukosten, sagte sie:

»Soviel zum Thema *geplatzter Knoten.*«

- 36 -

In Erfurt hatte die Polizei das Haus von Ivan im Visier. Im Erdgeschoss dieses wunderschön restaurierten Bürgerhauses befand sich ein Geschäft, in der Mitte Ivans Büro und oben seine großzügige Wohnung.

Marschall, Schneider, Gisela und ein Beamter vom LKA Thüringen saßen bereits seit fast zwei Stunden in einem Auto mit Blick auf das Haus. Nun fuhren zwei schwarze Limousinen vor, aus denen je zwei Männer ausstiegen. Sie sahen sich professionell um. Einer gab ein Zeichen, und dem zweiten Wagen entstieg Vladimir Schindler. Er bewegte sich ganz souverän, als ob für ihn die Bodyguards und alles um ihn herum völlig uninteressant sei. Er verschwand im Hausflur und mit ihm zwei der Leibwächter. Die anderen zwei schwarz gekleideten Herren blieben auf dem Bürgersteig vor der Tür stehen. Die beiden Limousinen entfernten sich, da dort Parken verboten war.

Ivan hatte seinen zwei Mitarbeiterinnen, die normalerweise in seinem großzügig ausgestatteten Büro arbeiteten, freigegeben. Vor einer halben Stunde hatte er einen Anruf von Vladimir Schindler bekommen, dass dieser ihn dringend sprechen wollte. Nun saßen die beiden Männer sich an Ivans jahrhundertealtem Barockschreibtisch gegenüber. Beide sahen sich freundlich lächelnd in die Augen.

»Welchem Umstand habe ich die Ehre Ihres Besuches zu vedanken, Vladimir?«

»Nun, Ivan, es ist mir nicht verborgen geblieben, dass man mir nach dem Leben trachtet. Ich wüsste gern, wer den Mordauftrag gegen mich erteilt hat. Das ist doch wohl verständlich, nicht wahr?«

»Ein Mordauftrag gegen Sie? Das ist ja fürchterlich.

Nur leider weiß ich nicht, wie ich Ihnen hierbei helfen kann.«

»Sie werden ja wohl in Ihrem Alter noch nicht unter Gedächtnisschwund leiden, Ivan. Sie haben den Auftrag zu meiner Ermordung angenommen. Dass es nicht funktioniert hat, liegt zum einen daran, dass ich gute Mitarbeiter habe, die mich beschützen, und zum anderen, dass Sie offenbar die falschen Leute engagiert haben. Für Sie war die Aufgabe eine Nummer zu groß.«

»Vladimir, wovon reden Sie eigentlich?«

»Es hat mich ein Vermögen gekostet, herauszufinden, dass Sie hinter dem Anschlag von Thale stecken. Sie können jetzt aufhören, mir etwas vorzuspielen. Ich kann die ganze Sache auf sich beruhen lassen. Voraussetzung hierfür ist allerdings, dass Sie mir klipp und klar Ihren Auftraggeber nennen. Um mich auch weiterhin schützen zu können, ist dies unabdingbar.«

Ivan fühlte sich in die Enge getrieben. Das Schlucken fiel ihm schwer. Er hatte Mühe, die Fassade des coolen Gesprächspartners aufrecht zu erhalten. Außerdem hatte er mitbekommen, dass sich zwei Bodyguards im Hausflur aufhielten und sicherlich noch einige mehr auf der Straße. Er selbst hatte keine Vorkehrungen getroffen. Er hatte ja nur eine halbe Stunde Zeit seit Vladimirs Ankündigung, ihn zu besuchen. Außerdem hatte er nicht damit gerechnet, dass es ihm gelungen war, soviel herauszufinden. Im Gegenteil, er spekulierte sogar darauf, dass es um einen neuen Auftrag ging. Aber jetzt war er wirklich platt. Und er wusste, dass sein Abwiegeln absolut unglaubwürdig auf Vladimir wirken musste. Also entschloss er sich, den Stier bei den Hörnern zu packen:

»Vladimir, wir sind beide Geschäftsmänner. Sie kämpfen mit harten Bandagen, und ich tu dasselbe. Also werfen Sie mir nicht vor, dass ich meinen Job mache. Wer mich bezahlt, der bekommt auch die gewünschte Dienstleistung. Natürlich tut es mir leid, dass Sie das Opfer sein sollten.«

»Na, da bin ich aber beruhigt. Es ist doch viel angenehmer, von einem Mörder umgebracht zu werden, der seinem Opfer Mitgefühl entgegenbringt.«

»Jetzt werden Sie zynisch, Vladimir.«

»Dazu habe ich wohl allen Grund, lieber Ivan. Allerdings hätte ich mir von Ihnen ein ordentliches Geschäftsgebaren gewünscht. Zum Beispiel, dass man einen Kunden nicht umbringt. Sparen Sie sich also Ihr Geschwätz und sagen Sie mir, wer der Auftraggeber ist. Vorher werde ich Ihr Haus nicht verlassen.«

»Kein Problem, Sie können bleiben, solange Sie wollen. Seien Sie mein Gast. Allerdings ändert das nichts an der Tatsache, dass ich Ihren Wunsch nicht erfüllen kann.«

Allmählich wurde Gisela, die mit ihren drei Kollegen im Auto saß und das Haus im Blick hatte, ungeduldig.

»Wie lange wollen wir denn noch warten?«

»Er ist jetzt seit einer Dreiviertelstunde drin«, sagte Herr Schönberger, der LKA-Mann aus Erfurt, der die Aktion leitete.

»Ich denke, wir gehen jetzt rein.«

Per Handy beorderte er sechs uniformierte Polizisten heran, die sich in der Nähe aufhielten. Drei kümmerten sich um die beiden Bodyguards, die sich vor Ivans Haus aufhielten. Drei weitere kamen mit ins Haus. Die beiden dort vor Ivans Büro stehenden Bewacher schauten alarmiert, als sie die Polizisten die Treppe heraufkommen sahen. Aber ganz ruhig und routiniert zeigten sie ihre Ausweise und ließen sich die Waffen abnehmen. Dann knallte es in der Wohnung. Ein Schuss! Alle schauten sich entsetzt an. Marschall und sein Erfurter Kollege rammten die Tür ein. Die drei Uniformierten und die beiden Bodyguards blieben auf dem Flur. Gisela, Schneider, Marschall und Schönberger gingen mit erhobenen Schusswaffen in Richtung Ivans Arbeitszimmer. Dort saß, wie ein Häufchen Elend, Vladimir Schindler. Vor ihm auf dem Schreibtisch befand sich eine Pistole. Und Ivan lag mit dem Oberkörper auf der Tischplatte. In seiner Hand hielt er eine Schusswaffe.

Das Verhör Vladimir Schindlers wurde von Herrn Schönberger vom LKA Erfurt und Herrn Marschall vom LKA Hannover geführt. Gisela und ihr Chef saßen hinter der Scheibe und hörten zu. Ganz ruhig erzählte Schindler, was angeblich passiert war: Er hatte herausgefunden, dass es einen Mordanschlag in Thale gegen ihn gegeben habe. Und er hatte ebenfalls herausgefunden, dass Ivan mit der Ausführung beauftragt worden war. Nun war er nach Erfurt gekommen, um ihn zu fragen, wer der Auftraggeber war. Aber Ivan blieb stumm. Schindler jedoch war so hartnäckig, dass er nicht im Traum daran dachte zu gehen, bevor er die Information hatte. Irgendwann war es Ivan zu bunt geworden und er zog eine Pistole. Aber Schindler war schneller.

»Also, Sie wollen mir erzählen, dass es Notwehr war?«, fragte Marschall.

»Natürlich. Wie würden Sie es denn nennen, wenn jemand sie umbringen will, aber Sie kommen ihm zuvor, um Ihr eigenes Leben zu retten?«, war Schindlers logische Antwort.

Viel mehr kam bei dem Verhör nicht heraus. Bei der Frage, warum er mit seinen Erkenntnissen nicht zur Polizei gegangen war, lächelte Schindler nur und fragte, ob die Polizei denn allen Ernstes der Meinung sei, ihn vor einer mächtigen russischen Clique und deren mafiösen Auftragnehmern in Deutschland zu schützen.

Die vier Bodyguards wussten von nichts. Sie hatten nur die Aufgabe, präsent zu sein und einen möglichen Anschlag zu verhindern. Drei von ihnen konnte man wegen unerlaubten Waffenbesitzes belangen. Das war alles.

Als Marschall und Schönberger eine Pause einlegten,

erkundigten sie sich, was die Auswertung der Computer aus Ivans Büro ergeben hatte.

»Absolut nichts«, war die ernüchternde Antwort des Mitarbeiters.

»Die Mafia führt nicht Buch und verschickt keine Auftragsbestätigungen oder Rechnungen für Mordaufträge.«

Gisela war wütend, Schneider enttäuscht. Sie hatten sehr viel Mühe in diese Sache gesteckt. Im Gespräch mit ihren LKA-Kollegen wurde ihnen klar, dass Ivan für sie eine Nummer zu groß oder zu schlau war. Eine schwer zu verdauende Erkenntnis.

»Meinen Sie, dass Sie aus Schindler noch irgendetwas rauskriegen, was uns weiterbringt?«, fragte Gisela die beiden LKA-Beamten.

»Sie haben ihn doch gehört«, antwortete Marschall. »Selbst wenn er mehr weiß, warum sollte er uns etwas erzählen? Außerdem haben wir kein Druckmittel. Wie sollen wir ihm beweisen, dass es keine Notwehr war? Über unerlaubten Waffenbesitz kommen wir kaum hinaus. Wir werden ihn noch ein, zwei Tage bearbeiten, und dann müssen wir ihn gehen lassen. Ich nehme ihm durchaus ab, dass er Opfer ist, nicht Täter.«

»Dann weiß ich allerdings nicht, was wir hier noch wollen«, sagte Schneider bedrückt. »Also lassen Sie uns nach Hause fahren. Diese Aktion hat uns kein Stück weitergebracht. Ivan, der uns zumindest theoretisch etwas hätte erzählen können, ist tot. Und was heute hier passiert ist, fällt in die Zuständigkeit von Erfurt.«

Er hatte gerade die Vier-Millionen-Überweisung getätigt. Der Mann nahm den Laptop wieder weg und sagte, dass er nun alle Vorkehrungen getroffen habe. Jetzt würde er ihm die Betäubungsspritze verabreichen. Und in zehn Minuten würde er ihn ins Auto tragen, um ihn in die Freiheit zu bringen. Bereitwillig wie ein hilfloses Tier lies er sich die Injektion geben. Dabei schaute er dem Mann in die Augen und hoffte inständig, dass es keine Todesspritze war. Nie zuvor in seinem Leben war er so ausgeliefert gewesen. Er sandte ein kleines, aber inbrünstiges Gebet zum Himmel und fiel in einen tiefen Schlaf.

- 38 -

Am nächsten Tag saßen Schneider und Gisela Berger mit ihrem LKA-Kollegen Marschall im Büro in Goslar zusammen und pflegten ihren Katzenjammer.

»So ein Aufwand für nichts«, sagte Gisela.

»Tja, manchmal ist der Wurm drin«, stimmte Marschall zu.

»Wir lösen zwar über fünfundneunzig Prozent aller Fälle von Mord und Totschlag. Aber wenn wir dann mal mit einem der wenigen Fälle zu tun haben, die nicht gelöst werden, dann wollen wir es nicht wahrhaben. Ich werde mich jedenfalls nie damit abfinden, dass irgendwo ein Mörder frei herumläuft. Aber vielleicht ist das ja hier auch gar nicht der Fall. Vielleicht hat ja Ivan diesen Alexander Safin auf dem Gewissen. Nur, wer noch daran beteiligt war, das bleibt uns wahrscheinlich verborgen.«

Es klopfte an der Tür. Eine junge Polizistin trat ein und sagte zu Kommissar Schneider: »Da ist ein merkwürdiger Mann im Trainingsanzug, der sagt, dass er entführt wurde. Er will seinen Namen nicht sagen. Er will nur mit einem leitenden Kriminalbeamten reden.«

Alle schauten die junge Polizistin an und Schneider antwortete: »Gisela, gehen Sie mit der Kollegin mit und holen den Mann ab. Bringen sie ihn am besten in ein Vernehmungszimmer. Ich komme gleich.«

Er spürte, wie die Kälte sich seines Körpers bemächtigt hatte. Es war sehr mühevoll, sich zu bewegen. Sein Körper war steif und kraftlos. Der Kopf schmerzte. Wo bin ich, dachte er. Allmählich kam die Erinnerung zurück. Das letzte, was er gesehen hatte, war ein Paar brauner Augen. Dann der Einstich einer Nadel. Dann wurde es dunkel. Ich liege auf einer Bank.

Ich sehe den Hochwald. Da vorn ist eine Straße. Vögel zwitschern. Ich muss mich bewegen. Ich muss aufstehen. Verdammt, mir tut der Rücken weh. Das heißt: ich lebe. Der Mann hat mich nicht umgebracht. Mit einem Ruck zog er die Beine an und stützte sich auf die Arme. Er war tatsächlich am Leben. Es dauerte zwar eine Weile, aber er schaffte es, sich aufzusetzen. Mein Gott, ist das herrlich hier! Ich bin mitten im Wald auf einem Parkplatz, auf dem keine Autos stehen. Es muss noch sehr früh sein. Die Sonne geht gerade auf. Seine Augen füllten sich mit Tränen.

Im Vernehmungszimmer saß der Mann im Trainingsanzug. Als Gisela ihn in Empfang genommen hatte, schaute sie ihn mitleidsvoll an. Der Mann sah sehr mitgenommen aus. Inzwischen hatte sie ihm ein Glas Wasser und eine Tasse Kaffee hingestellt. Als Schneider und Marschall in den Raum kamen, hatte er noch kaum ein Wort gesprochen.

»Guten Tag, ich bin Hauptkommissar Schneider, und das ist mein Kollege Herr Marschall. Frau Berger kennen Sie ja schon. Würden Sie mir bitte Ihren Namen verraten.«

»Ich bin Alexander Safin.«

Die Verblüffung in den Gesichtern der drei Kriminalbeamten war groß. Dieser Mann hatte nichts zu tun mit dem Safin, dessen Foto sie hatten. Das Foto zeigte einen großen, wohlgenährten, stolz dreinblickenden Mann mit einem Lächeln auf den Lippen. Das Selbstbewusstsein strotzte ihm aus jeder Pore. Dieser Mann hier war ein Häufchen Elend mit der blassen Haut einer wandelnden Leiche, zusammengesunken, in sich gekehrt, mühevoll mit gebrochener Stimme sprechend. Nachdem Safin ihnen einige der wichtigsten Informationen gegeben hatte, merkte

Schneider, dass es so nicht ging. Der Mann brauchte medizinische Hilfe, ein Bad, Schlaf, Erholung. Es war ihm anzusehen, dass er litt. Also brachte er ihn ins Krankenhaus. Nach der ersten Untersuchung kam der Arzt, um ihn über den Zustand Safins zu informieren:

»Also, Herr Schneider, der Patient ist nicht ernsthaft krank. Er leidet unter den Drogen, die man ihm gestern gespritzt hat. Das muss eine hohe Dosis eines Beruhigungsmittels gewesen sein. Außerdem war er lange Zeit im Keller eingeschlossen und angekettet. Bewegungsmangel, keine frische Luft, kein Tageslicht. Er ist einfach ziemlich entkräftet. Aber das wird schon wieder. Psychisch macht er für das, was er durchlitten hat, einen äußerst stabilen Eindruck. Er würde das Krankenhaus am liebsten sofort verlassen. Aber ich konnte ihn überzeugen, dass er bis morgen bleibt, um sich noch etwas zu erholen und die weiteren Untersuchungsergebnisse abzuwarten.«

»Danke, Herr Doktor. Das sind gute Nachrichten.«

Als man die Nachricht von Safins Freilassung in Erfurt erfuhr, war der dortige Staatsanwalt bereit, Vladimir Schindler nach Niedersachsen zu überstellen. In Erfurt hatte man bisher nichts in der Hand, um ihn wegen Mord oder Totschlag anzuklagen. Wahrscheinlich würde man Schindler die Notwehr-Version abnehmen müssen, es sei denn, dass man in Goslar im Zusammenhang mit der Safin-Sache weitere Erkenntnisse in diesem Fall bekäme.

Vom Krankenhaus aus brachte Schneider Herrn Safin ins Hotel. Dort veranlasste er, dass jemand für ihn einige Einkäufe tätigte, vor allem neue Garderobe, während er telefonierte. Innerhalb einer halben Stunde wussten seine Unternehmen, seine Kinder und deren Mütter sowie alle möglichen Bekannten, dass er wieder da war.

Gleichzeitig gab die Polizei eine knappe Presseerklärung heraus. Dem Wunsch nach Interviews konnte nicht entsprochen werden. Zuerst musste die Untersuchúng vorangetrieben werden. Nachdem Alexander Safin sich ordentlich angezogen und zusammen mit Kommissar Schneider ein zweites Frühstück eingenommen hatte, ging man zu Fuß zur Dienststelle. Die Bewachung durch zivile und uniformierte Beamte kam der eines hohen Staatsgastes gleich.

Gisela war erstaunt, welches Bild Herr Safin heute abgab: Ein gut gekleideter, selbstbewusster Mann mit jovialen Gesten. Er konnte wieder lächeln und sprach laut und deutlich. Selbstbewusst bat er darum, alles ohne Unterbrechung erzählen zu dürfen. Schneider nickte freundlich und Alexander Safin begann mit seiner akzentreichen, tiefen Stimme zu berichten:

»Ich hatte sehr angenehme Geschäftsverhandlungen bei Beermann Consult und wollte dann noch ein Stück durch die Altstadt bummeln. Mein Gepäck hatte der Chauffeur bereits ins Hotel gebracht. Also schlenderte ich gemütlich durch Goslar. Mein Bodyguard hielt einen gewissen Abstand, um alles im Auge zu haben. Allerdings fühlte ich mich nicht bedroht. Es gab ja keinen aktuellen Anlass dazu. Dann sah ich die Kirche. Ich ging hinein und schaute mir alles an. Außer mir war niemand dort. Dann öffnete sich wieder die Tür. Es war mein Bodyguard. Nach einer Weile ging die Tür wieder auf. Ich achtete aber weiter nicht darauf. Dann hörte ich ein leises zischendes Geräusch, und unmittelbar danach ein Stöhnen und Fluchen. Ich drehte mich um und sah, dass der Bodyguard am Zusammenbrechen war. Er wurde von einem Mann gestützt. Ich wollte gerade zu ihm rennen, da spürte ich einen Schmerz in meinem Schenkel. Heute weiß ich, dass es ein Betäubungspfeil war. Mir wurde schwarz vor Augen. Dann wachte ich in einem Krankenwagen auf. Er fuhr aber nicht. Und soweit ich mich erinnere, war es draußen schon dunkel. Neben mir saß ein Mann mit einer Pistole. Er hatte Sanitäterkleidung an. Neben mir auf dem Fußboden lag der Bodyguard. Soweit ich es beurteilen konnte, war er tot. Ich hatte Angst und begann zu fragen, was das alles sollte. Aber der Sanitäter hielt mir nur die Pistole an den Kopf. Dann nahm ich meinen Mut zusammen und sagte:

„Ich gebe Ihnen fünf Millionen Euro, wenn Sie mich am Leben lassen.“ Der Mann schien nachzudenken. Ich sagte noch einmal ganz leise *fünf Millionen*. Kurz danach öffnete sich die Tür, und ich sah einen weiteren Sanitäter, der den Mann fragte, ob denn nun endlich alles erledigt sei. Unwillkürlich richtete der Befragte seine Waffe auf diesen und erschoss ihn. Und zu mir sagte er, dass er mich jetzt noch einmal betäuben und dann wegbringen würde. Und in meinen Träumen sollte ich mir schon mal überlegen, wie er an die fünf Millionen herankäme. Dann setzte er mir eine Spritze und ich fiel wieder in tiefen Schlaf.«

Jetzt machte Herr Safin eine Pause und trank von seinem Glas Wasser. Die Erinnerung hatte ihn wohl doch mehr mitgenommen, als er wahrhaben wollte. Dann setzte er seinen Bericht fort:

»Was dann passiert ist, weiß ich nicht. Ich vermute, dass der Mann seinen Kollegen umgebracht hat, weil es ihm lukrativer erschien, fünf Millionen von mir zu bekommen. Was er mit den Leichen, also dem Kollegen und meinem Bodyguard gemacht hat, weiß ich nicht. Ich erwachte in einem Kellerraum auf einem Feldbett. Mein Fuß war angekettet. Und das war dann auch bis gestern mein Gefängnis.«

Nun konnte Schneider nicht länger an sich halten und fragte: »Wenn ich Sie richtig verstanden habe, dann haben

Sie also Ihren Entführer gesehen? Und er hat auch mit Ihnen gespochen?«

»Ja, natürlich.«

»Mein Gott, das war mir aufgrund unserer ersten Gespräche gar nicht bewusst. Dann müssen wir zuerst einmal eine genaue Täterbeschreibung von Ihnen haben.«

»Was wollen Sie damit? Der Mann ist längst am anderen Ende der Welt. Und meine fünf Millionen sehe ich sowieso nicht wieder. Die größte Gefahr für ihn ist ohnehin nicht die Polizei, sondern sein Auftraggeber. Er sollte mich beseitigen. Stattdessen hat er seinen Kollegen beseitigt und mit mir ein Geschäft gemacht. Dafür bin ich ihm dankbar. Ich glaube, ich habe in meinem Leben noch nie so gut fünf Millionen Euro angelegt.«

Nun musste Gisela unwillkürlich lachen.

Sie bekamen ihre Personenbeschreibung und Safin setzte seinen Bericht fort bis zu dem Zeitpunkt, wo er sich auf der Bank eines Waldparkplatzes wiedergefunden hatte und per Anhalter über Bad Harzburg nach Goslar gekommen war.

Dann fragte Schneider: »Herr Safin, haben Sie irgend eine Ahnung, wer hinter diesem Anschlag stecken könnte?«

»Oh, lieber Kommissar, wenn Sie ein paar Stunden Zeit haben, kann ich Ihnen eine Liste machen«, war Safins Antwort, der darauhin in Gelächter ausbrach.

Schneider blieb ernst und fragte weiter: »Könnte es auch ein Mitarbeiter von Ihnen sein?«

»Natürlich. Es gibt immer Leute, die sich schlecht behandelt oder schlecht bezahlt fühlen.«

»Was halten Sie von Vladimir Schindler?«

»Oh, der hätte zweifellos den größten Vorteil von meinem Tod.«

»Auch auf Herrn Schindler gab es einen Mordanschlag. Und er selbst hat einen Menschen erschossen, angeblich in Notwehr. Dieser Mann hatte angeblich den Auftrag, ihn umzubringen. Und nun ist er selbst tot. Es handelt sich um einen gewissen Ivan. Er wohnte in Erfurt. Kannten sie den Mann?«

»Nie etwas von ihm gehört. Ich treibe mich ja nicht mit Auftragskillern herum. Aber was soll´s? Vielleicht hat Vladimir Schindler mir wirklich nach dem Leben getrachtet. Vielleicht auch nicht. Ich werde es herausfinden. Ich weiß nur durch meine Internetrecherchen, dass Vladimir sich während meiner Abwesenheit viele Millionen von meinem Geld in die Tasche gesteckt hat. Dafür muss er geradestehen.«

»Eigentlich ist es unsere Aufgabe, herauszufinden, ob Herr Schindler hinter dem Anschlag steht.«

»Herr Kommissar, ich will Ihnen nicht zu nahe treten. Aber Vladimir ist so raffiniert, dass Sie ihm mit rechtsstaatlichen Mitteln nicht auf die Schliche kommen werden.«

Jetzt grinste Herr Safin und Schneider fuhr fort:

»Nun, ich hoffe, dass Sie sich bei Ihren eigenen Recherchen ebenfalls an rechtsstaatliche Mittel halten werden. Jedenfalls wird Herr Schindler heute nach Goslar gebracht, damit wir ihn hier weiter vernehmen können. Wegen des erschossenen Ivan in Erfurt kann er nicht länger festgehalten werden, weil man ihm kein Verbrechen nachweisen kann. Es wäre daher wichtig, dass Sie genau überlegen, ob er mit dem Anschlag auf Sie etwas zu tun hat. Wenn das nicht der Fall ist, müssen auch wir ihn gehen lassen.«

»Herr Kommissar, wenn Sie nichts gegen ihn in der Hand haben, ich werde auf die Schnelle auch nichts herausfinden. Lassen Sie ihn mit mir nach London fliegen.

Dort werde ich mit meinen Möglichkeiten alles ans Licht bringen. Das verspreche ich Ihnen. Und dann werde ich Sie informieren.«

»Soll ich Ihnen die polizeilichen Ermittlungen übertragen? Das geht leider nicht.«

»Nein, die außerpolizeilichen Ermittlungen.«

»Das werden wir heute nicht mehr regeln. Ich bringe Sie jetzt ins Hotel. Und morgen hole ich Sie dort wieder ab. Dann setzen wir unser Gespräch fort. Und wir werden auch Herrn Schindler morgen vernehmen; möglicherweise auch Sie beide zusammen. Ich bin gespannt, was er für ein Gesicht macht, wenn er Sie sieht.«

»Er wird sich freuen und mich umarmen. Und Sie werden nicht feststellen, ob die Freude echt oder gespielt ist.« Dann lachte er aus voller Kehle und verließ zusammen mit Schneider den Raum.

Gisela und Marschall, die während der Vernehmung nichts gesagt hatten, sahen sich fragend an. Beide waren zwar froh, dass der längst totgeglaubte Safin lebte. Aber sein ausführlicher Bericht hatte sie nicht weitergebracht. Gisela hatte, wie sie Marschall lautstark mitteilte, für heute die Schnauze voll und machte sich auf den Weg zu den Sauschlägers. Sie wollte ihnen von Ivans Tod berichten und im übrigen mal hören, ob dieses nette Pärchen heute möglicherweise etwas gesprächsbereiter war. Vielleicht würden sie sich ja doch noch irgendwie verplappern.

Nachdem die Sauschlägers aus Dänemark zurück waren, hatten sie gelegentlich noch ein etwas mulmiges Gefühl wegen der Sache, die die Polizei ihnen erzählt hatte. Wutgerut war tot. Damit konnte man leben. Er war zwar ein netter Kerl gewesen, der ihnen großzügig aus der Patsche geholfen hatte. Aber dafür hatten sie auch ihren Teil der Abmachung erfüllt. Und in Zukunft wollten sie mit dieser Bagage nichts mehr zu tun haben. Rita hatte außerdem ihre Liebhaberei zur Gartenarbeit entdeckt und wühlte unentwegt herum. Sie ließ einen Container kommen und trug den Schrottberg mit Hilfe ihres kleinen Baggers ab. Als der Container voll war, bestellte sie einen weiteren. Ihre Kinder sammelten nun gegen entsprechende Bezahlung sämtlichen Müll auf dem Grundstück zusammen. Als auch der zweite Container voll war, wurde sie von einem selten dagewesenen Glücksgefühl übermächtigt. Schweißgebadet setzte sie sich auf die Terrassentreppe und schaute befriedigt auf das Grundstück, während ihr Mann, der die ganze Aktion vom Liegestuhl aus beobachtet hatte, sagte:

»Du albernes Jettl, das Grundstück sieht balle aus wie ähn bodanischer Gartn.«

Rita holte gerade noch mal Luft, um ihren Mann dann zusammenzustauchen ob seiner Faulheit und seiner Klugscheißerei, als ein Auto auf das Grundstück fuhr, ganz langsam, um den zahlreichen Schlaglöchern auszuweichen. Statt ihren Mann anzuschnauzen, sagte sie:

»Ach du Scheiße, das alde Bäst von dar Grimmenalbolisei all wieder!«

Gisela stieg aus dem Wagen, grüßte freundlich und sah anerkennend auf das Grundstück:

»Meine Güte, das sieht ja jetzt klasse aus. Da müsst ihr ja geschuftet haben wie die Pferde.«

Rita, die angesichts dieses Lobes ganz stolz war, antwortete:

»Wer hier geschuftet hat, das bin iche. Der Alde hat kän Finger gerührt.«

Dann berichtete Gisela, dass Ivan, der Chef von Wutgerut, tot sei, worauf Rita ganz trocken sagte:

»Na, is doch gut. Denn kann disar alde Krepel uns

nüscht mehr wolln.«

Rita Sauschlägers Freude und gute Laune schwappte auf Gisela über. Die beiden Frauen machten einen Rundgang über das weitläufige Grundstück, das nun von allem Schrott befreit war. Die größeren Brennesselbestände waren mit der Sense abgemäht worden. An allen Ecken und Enden waren Sträucher gepflanzt. Der Wald ringsherum, die wild wachsenden Brombeer- und Himbeersträucher und der Farn gaben dem Anwesen einen wildromantischen Anstrich.

»Und was macht ihr mit dem Bagger?«, fragte Gisela.

»Ach, mit dem hab ich die Gondäners vollgeladen. Der kommt jetzte aber aach weg. Den varsteichern ma im Indanet.«

Komisch, dachte Gisela, ich kenne wirklich keinen Menschen, der einen Bagger anschafft, um seinen Müll zu entsorgen. Aber Rita Sauschläger ist ja auch kein gewöhnlicher Mensch. Dann gingen die beiden Frauen in die Küche und tranken einen Kaffee. Rita erzählte, dass sie zum Ende des Sommers gern eine Party geben würde und dass sie sich freuen würde, wenn Gisela auch käme. Warum nicht, dachte diese.

Als Gisela sich verabschiedete, stellte sie fest, dass sie absolut nichts herausgekriegt hatte. Naja, dachte sie, vielleicht wissen die beiden wirklich nicht mehr. Jedenfalls hatte sie einen angenehmeren Nachmittag, als dies im Büro der Fall gewesen wäre.

Manfred Wiebe war wieder da. Als Amadeus ihm die Geschichte erzählte, wie der Kommissar durch die Decke gekracht war, brachen beide in haltloses Gelächter aus. Als sie sich wieder etwas beruhigt hatten, sagte Manfred:

»Dass Herr Safin wieder da ist, mutet an wie ein

Wunder. Ich bin nur gespannt, was er zu den ganzen Aktivitäten seines Stellvertreters zu sagen hat. Der gute Herr Schindler hat die Firma ausgenommen wie eine Weihnachtsgans. Na, mir soll´s egal sein. Wir haben legale Verträge. Was die beiden untereinander ausmachen, ist nicht unser Problem.«

Amadeus überlegte kurz und meinte dann:

»Wahrscheinlich wird Herr Safin seinem Mitarbeiter den Arsch aufreißen. Aber das soll er in London tun. Ich möchte nicht dabei sein, wenn die beiden miteinander Klartext reden.«

Als er in das Zimmer geführt wurde, in dem Herr Safin saß und genussvoll seinen Kaffee schlürfte, fiel Vladimir Schindler die Kinnlade herunter.

»Alexander! Mein Gott, Alexander!« Mehr brachte er nicht raus. Stattdessen bekam er eine Gänsehaut, die selbst seine Zunge lahmzulegen schien.

Safin stand lächelnd auf und umarmte den Mann, der seit seiner Gefangenschaft die Geschäfte führte und sich dafür mit vielen Millionen seines Geldes belohnt hatte.

»Tja, wie du siehst, bin ich wieder unter den Lebenden, mein lieber Vladimir. Ich hoffe nur, dass du nicht allzu sehr unter meiner Abwesenheit gelitten hast.«

Die Worte trafen Schindler wie Messerstiche. Wieviel wusste Alexander Safin? Warum war dieser bescheuerte Großkotz nicht tot? Er hatte Ivan ein Vermögen gezahlt, ihn ins Jenseits zu befördern. Und nun stand dieser Arsch vor ihm, und er musste ihn umarmen und Freude vorspielen.

Alle in dem Raum, auch Gisela, Kommissar Schneider und der LKA-Mann Marschall, wussten, dass er sich nicht freute. Er war ein schlechter Schauspieler. Und Alexander

Safin wusste es am besten. Wenn man ihm trotzdem nicht nachweisen konnte, dass er mit dem Anschlag auf Safin etwas zu tun hatte und er könnte gehen, was würde ihm dann blühen? Was würde Safin sich einfallen lassen, um die Wahrheit aus ihm herauszuholen? Auf jeden Fall würde er sie herauskriegen. Das war klar. Seine Gänsehaut wollte einfach nicht verschwinden. Er musste sich sogar Mühe geben, sich nicht in die Hose zu machen. Durch seinen Kopf schoss immer wieder derselbe Gedanke: *du musst verschwinden.*

Nach endlosen Gesprächen, einzeln und gemeinsam mit Safin, einem Einschüchterungsversuch durch den LKA-Beamten und immer wieder denselben Fragen, mal freundlich, mal ruppig, mal laut und mal leise gestellt, befand man schließlich, ihn nicht länger festzuhalten. Die Aussicht, morgen mit Alexander nach London fliegen zu müssen, löste bei ihm allerdings Magenbeschwerden aus. Was konnte er tun, um Safin zu entgehen?

Nichts konnte er tun. Absolut gar nichts. Safin ließ ihn nicht mehr aus seinen Krallen. In London angekommen, verbot er Vladimir, seine Wohnung zu verlassen und ließ ihn bewachen. Er befahl ihm, in sich zu gehen und über alles nachzudenken. Und um sicherzustellen, dass er dabei nicht gestört wurde, wies er seine Bodyguards an, Telefon und Computer zu entfernen. Safin brauchte zwei Tage, um sein Informationsdefizit zu beseitigen und sich einen Überblick zu verschaffen, was in seiner Abwesenheit alles geschehen war. Dann ließ er Vladimir Schindler zu sich bringen. Nicht ins Büro, sondern in sein Haus. Als Vladimir Schindler seinem Boss gegenüber saß, war ihm klar, dass dieser ihm bis auf den Grund seiner Seele schaute. Sinnlos, völlig sinnlos, ihm irgend etwas verschweigen zu wollen. Das, was er in

Bezug auf den Auftragsmord vielleicht noch nicht wusste, würde er schon aus ihm herausholen. Also erzählte er gleich freiwillig alles, ungeschminkt und schnörkellos. Er versuchte, weder Motive noch Entschuldigungen in seine Schilderung einzubringen. Das würde bei Alexander Safin ohnehin nicht fruchten; im Gegenteil: es würde ihn wütend machen. Als er seinen Bericht beendet hatte, erhob Safin sich von seinem Stuhl, ging auf Vladimir zu und befahl ihm aufzustehen. Die beiden Männer waren etwa gleich groß und konnten sich direkt in die Augen sehen. Vladimir hielt dem Blick nicht lange Stand. Dann versetzte Safin ihm unwillkürlich zwei schallende Ohrfeigen. Vladimir stand wie betäubt da und regte sich nicht. Dann setzte er sich wieder und befahl Vladimir, sich ebenfalls zu setzen. Nach kurzem Innehalten fing nun Safin an zu reden:

»Du bist das undankbarste Geschöpf, dem ich je begegnet bin. Ich könnte dich umbringen, und kein Hahn würde nach dir krähen. Der einzige Grund, warum ich das nich tue ist, weil du mir die Wahrheit gesagt hast. Außerdem hast du nicht um Gnade gewinselt. Das imponiert mir. Und du bist der beste Geschäftsmann, der je für mich gearbeitet hat. Ich werde dich nicht nur am Leben lassen, sondern du wirst auch weiter für mich arbeiten. Das, was du mir gestohlen hast, gibst du mir zurück. Und die fünf Millionen, die ich für mein Überleben ausgegeben habe, wirst du mir auch zurückzahlen.«

Vladimir liefen unwillkürlich die Tränen übers Gesicht. Aber tief in seinem Inneren gärte der Zweifel, ob er Alexander Safin wirklich trauen konnte. Doch was blieb ihm anderes übrig?

- 39 -

Gisela saß ihrem Chef in dessen Büro gegenüber und pflegte ihre schlechte Laune. Sie hatten den Fall nicht gelöst. Die Tatsache, dass sie hier nicht der Boss war, tröstete sie nicht. Ebenso wenig, dass die LKAs genauso versagt hatten. Vom Entführer Alexander Safins keine Spur. Sein Leibwächter war mit größter Wahrscheinlichkeit ermordet worden; aber es gab keine Leiche. Ivan, der mit Sicherheit in die Sache verstrickt war: tot – erschossen von Vladimir Schindler, der möglicherweise in Notwehr gehandelt hatte, vielleicht aber auch nicht. Die Leiche von Thale fiel zwar auch nicht in ihre Zuständigkeit, gehörte aber trotzdem zu diesem Fall. Vom Mörder ebenfalls keine Spur. Alles, was sie hatten, war der Krankenwagen, in dem Safin und sein Chauffeur entführt worden waren. Und ein komisches Pärchen aus dem Oberharz, das dieses Vehikel *gefunden* und verkauft hatte. Die Sauschlägers hatten mit all dem nichts zu tun, und sie konnten sie auch nicht weiterbringen, das war ihr inzwischen klar. Solche Fälle, in denen es um Mord und Entführung und Mafiamachenschaften geht, hatte man hier äußerst selten. Und es war für Gisela schwer erträglich, ausgerechnet hier zu scheitern. Es war kein Trost für sie, dass sie nur ein Teil der Ermittlungsmaschinerie war und letztendlich alle gescheitert waren, sogar die LKAs in Niedersachsen und Thüringen.

»Gisela, Sie können aufhören, sich die Haare zu raufen. Dadurch kommen wir auch nicht weiter. Ich sehe im Moment keine Anknüpfungspunkte mehr. Wie es ermittlungstechnisch weitergeht, liegt bei den beiden Landeskriminalämtern. Wir sind raus«, sagte Hauptkommissar Schneider seiner frustrierten Mitarbeiterin.

»Wenn Sie das sagen, wird´s wohl stimmen. Aber

abfinden kann ich mich damit nicht. Ich bin zwar nur eine kleine Provinzpolizeitussi, aber ich schwöre Ihnen, irgendwann komme ich schon dahinter, was hier los war. Irgendwann, aber nicht heute. Sie glauben ja nicht, was ich heute noch vorhabe.«

»Sie können es mir ja erzählen, und dann entscheide ich, ob ich Ihnen glaube.«

»Ich bin heute zum Grillen eingeladen.«

»Ich glaube Ihnen.«

»Aber Sie wissen nicht, bei wem.«

»Bei wem?«

»Bei den Sauschlägers.«

»Das ist wirklich schwer zu glauben. Ich schätze, da muss ich Ihnen nicht mal viel Vergnügen wünschen. Denn das werden Sie zweifellos haben. Die Leute haben einen enormen Unterhaltungswert.«

Zur gleichen Zeit landete die Maschine aus London in Kiew. Ein leicht missmutig dreinschauender Vladimir Schindler war einer der Passagiere. Alexander Safin hatte ihn beauftragt, geschäftliche Verhandlungen mit einem Mann zu führen, von dessen Existenz er bis gestern noch gar nichts wusste. Völlig unvorbereitet musste er nach Kiev fliegen, nur ein paar vage Informationen im Kopf, die Alexander ihm vor der Abreise gegeben hatte. Nach der Einreiseprozedur kam ein schwarz gekleideter Mann mittleren Alters auf ihn zu und sprach ihn auf Ukranisch an: *Guten Tag, Herr Schindler*. Es kam ihm zwar komisch vor, dass er so ohne weiteres erkannt wurde, aber er dachte sich nichts dabei. Der Mann entpuppte sich als Chauffeur und bestand darauf, ihm den Koffer abzunehmen. Vor der schwarzen Edellimosine stand der Bodyguard, ein Bulle von einem Mann, so wie sich Laien solche Leute vorstellen. Er nickte kurz und öffnete Vladimir die hintere Tür. Als sie Kiev hinter sich gelassen hatten, schaute er auf und fragte:

»Wo geht es jetzt hin?«

»Noch etwa fünfzehn Kilometer in östliche Richtung«, war die knappe Antwort des Bullen.

Nach weiteren zwanzig Minuten Fahrt bog die Limousine schließlich in einen unbefestigten Waldweg ein. Das Auto hielt an, der Bulle stieg aus und öffnete Vladimir die Tür. Verwundert dreinschauend und etwas zögerlich stieg dieser aus. Er wollte gerade fragen, was sie hier mitten im Wald zu suchen hatten, als der Chauffeur von hinten zwei Schüsse auf ihn abfeuerte. Der letzte Gedanke, bevor er sein Leben aushauchte, war: *Das hätte ich mir ja denken können, dass Alexander mich nicht so einfach davonkommen lässt.*

Die Sauschlägers hatten sich gewaltig ins Zeug gelegt. Ein völlig überdimensionierter Grill stand auf dem Platz zwischen Wohnhaus, Bruchbuden und Wald. Eine große Zinkwanne mit Trockeneis, gefüllt mit diversen Getränken, war direkt daneben plaziert. Auf einer Tapeziertafel waren allerlei Salate und Desserts aufgereiht. An einer geschützten Stelle bei den Heckenrosen standen neue Gartenstühle und Tische. Das Grundstück selbst war in einem besseren Zustand als je zuvor. Überall Sträucher und Blumen. Rita hatte zudem etliche große Töpfe mit blühenden Pflanzen aufgestellt. Zwischen den Bäumen hingen Papiergirlanden, Luftballons, Lampions und Lichterketten. Und es waren Fackeln aufgestellt, die am Abend für eine heimelige Atmosphäre sorgen würden. Alle Vorbereitungen waren nun erledigt, und Rita schaute zufrieden von der Terrasse auf ihr Werk. Es war nun später Nachmittag. Die Sonne würde sie an diesem schönen Spätsommerabend noch eine Weile wärmen. Nun konnten die Gäste kommen.

Und das taten sie dann auch. Zuerst traf Lilly ein. Kaum war sie ihrem alten BMW entstiegen, schwärmte sie auch schon:

»Mein Gott, Rita, was für eine Pracht! Genauso habe ich es mir vorgestellt, als ich von Sauschlägers Paradies redete.«

Sie hatte einen Kuchen mitgebracht, den sie gleich auf die große Tafel stellte. Dann ließ sie sich von Rita ein Glas Sekt eingießen und machte mit ihr einen kleinen Rundgang über das Grundstück. Die kleineren Kinder tobten mit den Hunden herum, und Hannes saß jovial auf der Terrasse und genoss voller Stolz sein Privileg als Hausherr und Ehemann einer Frau, die ihm imponierte.

Als nächstes trafen Amadeus und seine Frau Marie ein. Auch Amadeus konnte kaum fassen, was Rita aus diesem Grundstück gemacht hatte. Auf der Terrasse sagte er zu Hannes mit Blick auf Rita:

»Du hast mehr Glück als Verstand.«

Offenbar fasste Hannes dies als Kompliment auf und schaute zufrieden drein, bis ein schrottreifer alter Golf vorfuhr, dem eine übermäßig aufgetakelte Frau mittleren Alters entstieg. Es war Ritas Mutter. Sie begrüßte alle überschwänglich, setzte sich dann auf die Terrasse und erteilte Hannes Befehle. Jetzt war Amadeus klar, woher Rita dieses dominierende Wesen hatte. Zum Schluss kamen Gisela und ihr Freund Klaus. Merkwürdig, dachte Amadeus. Offenbar haben die Sauschlägers gar keine Freunde, die sie zu solch einer Party einladen. Naja, man kann´s verstehen. So viele Leute gibt es wahrscheinlich nicht, die mit Hannes befreundet sein wollen. Und die wenigen, die es vielleicht gibt, werden dann auch noch von Ritas impulsiv ausgestoßenen Beleidigungen verscheucht.

Die Sonne verabschiedete sich allmählich, und das Grüppchen saß unten an den Heckenrosen, die im Oberharz recht spät blühten und einen intensiven Duft nach billigem Parfüm verbreiteten. Hannes war in seinem Element und grillte, was das Zeug hielt. Seine Schwiegermutter meckerte ihn bei jeder Gelegenheit an. Tu dies, tu jenes, das Glas ist leer.

Irgendwann platzte ihm der Kragen und er fuhr die Dame an: »Wenn es Glas leer is, denn bequem doch dein Marsch mal auf und mach es voll.«

Ihre Erwiderung ging im allgemeinen Gelächter unter. Alle amüsierten sich prächtig. Lilly unterhielt sich mit Rita und ihrer Mutter im Oberharzer Jargon und war voll in ihrem Element. Auch Gisela war ziemlich ausgelassen. Nicht nur, weil sie sich hier völlig ungezwungen verhalten konnte, sondern vor allem, weil ihr Freund Klaus gekommen war, der das Wochenende mit ihr verbringen würde.

Sohn Axel hatte die Hifi-Anlage des Wohnzimmers angestellt, und zwei Lautsprecher trugen die Musik nach draußen. Der Sound der siebziger Jahre erfüllte das weitläufige Grundstück. Es gab keine Nachbarn, die sich daran stören konnten. Die Stimmung wurde so ausgelassen, dass man anfing zu tanzen. Ausgerechnet auf dem Stück Erdreich, in dem eine gewisse Ludmilla ihre letzte Ruhe gefunden hatte, sofern man bei diesem Lärm von Ruhe sprechen konnte. Da passierte das, was bei so vielen Gräbern und anderen zugeschaufelten Löchern vorkommt. Die locker aufgeschüttete Erde verdichtet sich. Die mit Luft gefüllten Zwischenräume geben nach, und irgendwann sackt alles zusammen. Just in dem Augenblick, als Amadeus, Marie, Rita und ihr Sohn Axel auf Ludmillas heimlichem Grab herumhopsten, brach es ein, und die vier standen oder lagen fast einen Meter tief in der Erde. Zwei Sekunden lang starrten alle vor Schreck und Verwunderung. Dann brach Gelächter aus. Die Eingebrochenen rappelten sich auf und klopften sich die Erde von der Kleidung. Rita stieß einen nicht jugendfreien Fluch aus, und Hannes rief seiner Frau zu: »Wenn de schon unnere Leichen verbuddelst, denn musste aach de Erd richtich zukloppen. De Leit solln sich ja net de Bän brachen.«

In Giselas Kopf arbeitete es. Sie hörte schlagartig auf zu lachen. Hinter ihrer in Falten liegenden Stirn tauchten allerlei Fragmente auf: *Bagger, Krankenwagen, verschwundene Leichen...* Als Klaus, der sich vor Lachen kaum halten konnte, merkte, dass seine Freundin wie paralysiert auf das Loch starrte, stupste er sie an:

»Hey, Gisela. Wo bist du denn?«

Gisela kam wieder zur Besinnung und bemerkte die ausgelassene Stimmung. Ganz leise sagte sie zu sich selbst:

Gisela, komm zu dir. Hier gibt es keine Leichen. Das ist eine ganz normale Party.

Gisela durchzuckte es noch einmal kurz im Hinterkopf. Dann sagte sie laut *Quatsch* und erhob ihr Glas, um Rita zuzuprosten:

»So, jetzt trinken wir auf deine vergrabenen Leichen.«

Weitere Bücher von Helmut Exner

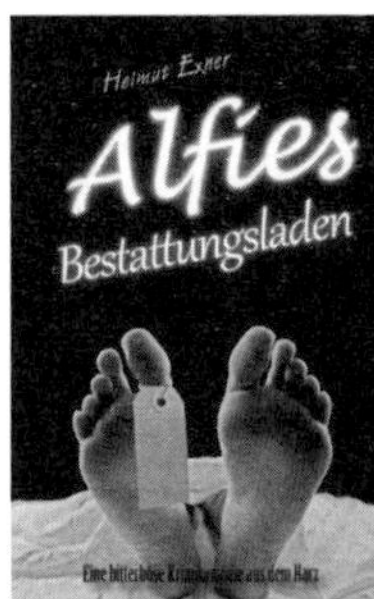

Die Frauen von Janowka

Eine wolhynische Familiengeschichte

Roman

256 Seiten
1. Aufl. 03/2010
Taschenbuch, € 9,80
ISBN 978-3-936318-89-0

auch als eBook sowie in
englischer Sprache erhältlich

Lange Zeit leben die Menschen in dem von Deutschen gegründeten ukrainischen Dorf Janowka in Frieden und Wohlstand. Der Wind dreht sich, als Zar Nikolaus II. den Deutschen aufgrund der großpolitischen Wetterlage das Leben schwer macht. Im Ersten Weltkrieg werden sie nach Sibirien verbannt. Wer kann, wandert nach Deutschland oder Kanada aus. Der Autor, ein Nachkomme der Frauen von Janowka, spürt in der Parallelhandlung dem Leben seiner Vorfahren nach und findet deren Nachkommen wieder, die über Kontinente hinweg verstreut sind.

Eine Familiensaga, die eingebettet ist in die wechselvolle Geschichte des 20. Jahrhunderts – von der Verwirklichung des Traums von einem besseren Leben.

Über den Autor

Viele der Krimis des gebürtigen Lautenthalers Helmut Exner (Jahrgang 1953) spielen im Harz und bedienen sich der derben Sprache der Region und skuriller Charaktere. Lilly Höschen, das alte Fräulein, ist dabei zur beliebten Serienfigur geworden. Es ist die Mischung von Spannung, Wortwitz und dem Hang zum Schrägen, die die Originalität dieser Bücher ausmacht und sein Schreiben charakterisiert.

Der Autor ist im Internet erreichbar unter:

www.facebook.com/HelmutExnerAutor
www.helmutexner.de